ANTONIO MACHADO

POESÍA

ALMA CLÁSICOS ILUSTRADOS

ANTONIO MACHADO

POESÍA

Ilustraciones de
Gabriel Pacheco

ÍNDICE

La presente edición cita las obras y poemas siguiendo la división y numeración de las *Obras completas*. Teniendo en cuenta que es una antología, la división de las obras y la numeración de los poemas no siempre es correlativa, pero se ha mantenido la original para una mejor localización de los mismos.

Antonio Machado

Misterioso y silencioso
Iba una vez y otra vez,
Su mirada era tan profunda
que apenas se podía ver.
Cuando hablaba tenía un dejo
De timidez y de altivez.
Y la luz de sus pensamientos
Casi siempre se veía arder.
Era luminoso y profundo
Como era hombre de buena fe.
Fuera pastor de mil leones
Y de corderos a la vez.
Conduciría tempestades
O traería un panal de miel.
Las maravillas de la vida
Y del amor y del placer,
Cantaba en versos profundos
Cuyo secreto era de él.
Montado en un raro Pegaso,
Un día al imposible fue.
Ruego por Antonio a mis dioses,
Ellos le salven siempre. Amén.

RUBÉN DARÍO

SOLEDADES

I

EL VIAJERO

Está en la sala familiar, sombría,
y entre nosotros, el querido hermano
que en el sueño infantil de un claro día
vimos partir hacia un país lejano.

Hoy tiene ya las sienes plateadas,
un gris mechón sobre la angosta frente;
y la fría inquietud de sus miradas
revela un alma casi toda ausente.

Deshójanse las copas otoñales
del parque mustio y viejo.
La tarde, tras los húmedos cristales,
se pinta, y en el fondo del espejo,

el rostro del hermano se ilumina
suavemente. ¿Floridos desengaños
dorados por la tarde que declina?
¿Ansias de vida nueva en nuevos años?

¿Lamentará la juventud perdida?
Lejos quedó —la pobre loba— muerta.
¿La blanca juventud nunca vivida
teme, que ha de cantar ante su puerta?

¿Sonríe al sol de oro
de la tierra de un sueño no encontrada;
y ve su nave hender el mar sonoro,
de viento y luz la blanca vela hinchada?

Él ha visto las hojas otoñales,
amarillas, rodar, las olorosas
ramas del eucalipto, los rosales
que enseñan otra vez sus blancas rosas...

Y este dolor que añora o desconfía
el temblor de una lágrima reprime,
y un resto de viril hipocresía
en el semblante pálido se imprime.

Serio retrato en la pared clarea
todavía. Nosotros divagamos.
En la tristeza del hogar golpea
el tictac del reloj. Todos callamos.

II

He andado muchos caminos,
he abierto muchas veredas,
he navegado en cien mares
y atracado en cien riberas.

En todas partes he visto
caravanas de tristeza,
soberbios y melancólicos
borrachos de sombra negra,

y pedantones al paño
que miran, callan, y piensan
que saben, porque no beben
el vino de las tabernas.

Mala gente que camina
y va apestando la tierra...

Y en todas partes he visto
gentes que danzan o juegan,
cuando pueden, y laboran
sus cuatro palmos de tierra.

Nunca, si llegan a un sitio,
preguntan a dónde llegan.

Cuando caminan, cabalgan
a lomos de mula vieja,

y no conocen la prisa
ni aun en los días de fiesta.
Donde hay vino, beben vino:
donde no hay vino, agua fresca.

Son buenas gentes que viven,
laboran, pasan y sueñan,
y en un día como tantos,
descansan bajo la tierra.

III

La plaza y los naranjos encendidos
con sus frutas redondas y risueñas.

Tumulto de pequeños colegiales
que, al salir en desorden de la escuela,
llenan el aire de la plaza en sombra
con la algazara de sus voces nuevas.

¡Alegría infantil en los rincones
de las ciudades muertas!...
¡Y algo nuestro de ayer, que todavía
vemos vagar por estas calles viejas!

IV

EN EL ENTIERRO DE UN AMIGO

Tierra le dieron una tarde horrible
del mes de julio, bajo el sol de fuego.

A un paso de la abierta sepultura,
había rosas de podridos pétalos,

entre geranios de áspera fragancia
y roja flor. El cielo
puro y azul. Corría
un aire fuerte y seco.

De los gruesos cordeles suspendido,
pesadamente, descender hicieron
el ataúd al fondo de la fosa
los dos sepultureros...

Y al reposar sonó con recio golpe,
solemne, en el silencio.

Un golpe de ataúd en tierra es algo
perfectamente serio.

Sobre la negra caja se rompían
los pesados terrones polvorientos...

El aire se llevaba
de la honda fosa el blanquecino aliento.

—Y tú, sin sombra ya, duerme y reposa,
larga paz a tus huesos...

Definitivamente,
duerme un sueño tranquilo y verdadero.

VI

Fue una clara tarde, triste y soñolienta
tarde de verano. La hiedra asomaba
al muro del parque, negra y polvorienta...
            La fuente sonaba.

Rechinó en la vieja cancela mi llave;
con agrio ruido abrióse la puerta
de hierro mohoso y, al cerrarse, grave
golpeó el silencio de la tarde muerta.

En el solitario parque, la sonora
copla borbollante del agua cantora
me guio a la fuente. La fuente vertía
sobre el blanco mármol su monotonía.

La fuente cantaba: ¿Te recuerda, hermano
un sueño lejano mi canto presente?
Fue una tarde lenta del lento verano.

Respondí a la fuente:
No recuerdo, hermana,
mas sé que tu copla presente es lejana.

Fue esta misma tarde: mi cristal vertía
como hoy sobre el mármol su monotonía.
¿Recuerdas, hermano?... Los mirtos talares,
que ves, sombreaban los claros cantares
que escuchas. Del rubio color de la llama,
el fruto maduro pendía en la rama,
lo mismo que ahora. ¿Recuerdas, hermano?...
Fue esta misma lenta tarde de verano.

—No sé qué me dice tu copla riente
de ensueños lejanos, hermana la fuente.

Yo sé que tu claro cristal de alegría
ya supo del árbol la fruta bermeja;
yo sé que es lejana la amargura mía
que sueña en la tarde de verano vieja.
Yo sé que tus bellos espejos cantores
copiaron antiguos delirios de amores:
mas cuéntame, fuente de lengua encantada,
cuéntame mi alegre leyenda olvidada.

—Yo no sé leyendas de antigua alegría,
sino historias viejas de melancolía.

Fue una clara tarde del lento verano...
Tú venías solo con tu pena, hermano;

tus labios besaron mi linfa serena,
y en la clara tarde, dijeron tu pena.

Dijeron tu pena labios que ardían:
la sed que ahora tienen, entonces tenían.

—Adiós, para siempre, la fuente sonora,
del parque dormido eterna cantora.
Adiós para siempre; tu monotonía,
fuente, es más amarga que la pena mía.

Rechinó en la vieja cancela mi llave;
con agrio ruido abrióse la puerta
de hierro mohoso, y, al cerrarse, grave
sonó en el silencio de la tarde muerta.

VII

El limonero lánguido suspende
una pálida rama polvorienta,
sobre el encanto de la fuente limpia,
y allá en el fondo sueñan
los frutos de oro...

                    Es una tarde clara,
casi de primavera,
tibia tarde de marzo,
que al hálito de abril cercano lleva;
y estoy solo, en el patio silencioso,
buscando una ilusión cándida y vieja:
alguna sombra sobre el blanco muro,
algún recuerdo, en el pretil de piedra
de la fuente dormido, o, en el aire,
algún vagar de túnica ligera.

En el ambiente de la tarde flota
ese aroma de ausencia,

que dice al alma luminosa: nunca,
y al corazón: espera.

Ese aroma que evoca los fantasmas
de las fragancias vírgenes y muertas.

Sí, te recuerdo, tarde alegre y clara,
casi de primavera,
tarde sin flores, cuando me traías
el buen perfume de la hierbabuena,
y de la buena albahaca,
que tenía mi madre en sus macetas.

Que tú me viste hundir mis manos puras
en el agua serena,
para alcanzar los frutos encantados
que hoy en el fondo de la fuente sueñan...

Sí, te conozco, tarde alegre y clara,
casi de primavera.

IX

ORILLAS DEL DUERO

Se ha asomado una cigüeña a lo alto del campanario.
Girando en torno a la torre y al caserón solitario,
ya las golondrinas chillan. Pasaron del blanco invierno,
de nevascas y ventiscas los crudos soplos de infierno.

                  Es una tibia mañana.
El sol calienta un poquito la pobre tierra soriana.

Pasados los verdes pinos,
casi azules, primavera
se ve brotar en los finos
chopos de la carretera
y del río. El Duero corre, terso y mudo, mansamente.
El campo parece, más que joven, adolescente.

Entre las hierbas alguna humilde flor ha nacido,
azul o blanca. ¡Belleza del campo apenas florido,
y mística primavera!

¡Chopos del camino blanco, álamos de la ribera,
espuma de la montaña
ante la azul lejanía,
sol del día, claro día!
¡Hermosa tierra de España!

XI

Yo voy soñando caminos
de la tarde. ¡Las colinas
doradas, los verdes pinos,
las polvorientas encinas!...
¿Adónde el camino irá?
Yo voy cantando, viajero
a lo largo del sendero...
—La tarde cayendo está—.
«En el corazón tenía
la espina de una pasión;
logré arrancármela un día,
ya no siento el corazón.»

Y todo el campo un momento
se queda, mudo y sombrío,
meditando. Suena el viento
en los álamos del río.

La tarde más se oscurece;
y el camino que serpea
y débilmente blanquea,
se enturbia y desaparece.

Mi cantar vuelve a plañir:
«Aguda espina dorada,

quién te pudiera sentir
en el corazón clavada».

XII

Amada, el aura dice
tu pura veste blanca...
No te verán mis ojos;
¡mi corazón te aguarda!

El viento me ha traído
tu nombre en la mañana;
el eco de tus pasos
repite la montaña...
No te verán mis ojos;
¡mi corazón te aguarda!

En las sombrías torres
repican las campanas...
No te verán mis ojos;
¡mi corazón te aguarda!

Los golpes del martillo
dicen la negra caja;
y el sitio de la fosa,
los golpes de la azada...
No te verán mis ojos;
¡mi corazón te aguarda!

XIII

Hacia un ocaso radiante
caminaba el sol de estío,
y era, entre nubes de fuego, una trompeta gigante,
tras de los álamos verdes de las márgenes del río.

Dentro de un olmo sonaba la sempiterna tijera
de la cigarra cantora, el monorritmo jovial,
entre metal y madera,
que es la canción estival.

En una huerta sombría,
giraban los cangilones de la noria soñolienta.
Bajo las ramas oscuras el son del agua se oía.
Era una tarde de julio, luminosa y polvorienta.

Yo iba haciendo mi camino,
absorto en el solitario crepúsculo campesino.

Y pensaba: «¡Hermosa tarde, nota de la lira inmensa
toda desdén y armonía;
hermosa tarde, tú curas la pobre melancolía
de este rincón vanidoso, oscuro rincón que piensa!».

Pasaba el agua rizada bajo los ojos del puente.
Lejos, la ciudad dormía,
como cubierta de un mago fanal de oro transparente.
Bajo los arcos de piedra el agua clara corría.

Los últimos arreboles coronaban las colinas
manchadas de olivos grises y de negruzcas encinas.
Yo caminaba cansado,
sintiendo la vieja angustia que hace el corazón pesado.

El agua en sombra pasaba tan melancólicamente,
bajos los arcos del puente,
como si al pasar dijera:

«Apenas desamarrada
la pobre barca, viajero, del árbol de la ribera,
se canta: no somos nada.
Donde acaba el pobre río la inmensa mar nos espera».

Bajo los ojos del puente pasaba el agua sombría.
(Yo pensaba: ¡el alma mía!)

Y me detuve un momento,
en la tarde, a meditar...
¿Qué es esta gota en el viento
que grita al mar: soy el mar?

Vibraba el aire asordado
por los élitros cantores que hacen el campo sonoro,
cual si estuviera sembrado
de campanitas de oro.

En el azul fulguraba
un lucero diamantino.
Cálido viento soplaba
alborotando el camino.

Yo, en la tarde polvorienta,
hacia la ciudad volvía.
Sonaban los cangilones de la noria soñolienta.
Bajo las ramas oscuras caer el agua se oía.

XIV

CANTE HONDO

Yo meditaba absorto, devanando
los hilos del hastío y la tristeza,
cuando llegó a mi oído,
por la ventana de mi estancia, abierta

a una caliente noche de verano,
el plañir de una copla soñolienta,
quebrada por los trémolos sombríos
de las músicas magas de mi tierra.

... Y era el Amor, como una roja llama...
—Nerviosa mano en la vibrante cuerda
ponía un largo suspirar de oro,
que se trocaba en surtidor de estrellas—.

... Y era la Muerte, al hombro la cuchilla,
el paso largo, torva y esquelética
—tal cuando yo era niño la soñaba—.

Y en la guitarra, resonante y trémula,
la brusca mano, al golpear, fingía
el reposar de un ataúd en tierra.

Y era un plañido solitario el soplo
que el polvo barre y la ceniza avienta.

XVI

Siempre fugitiva y siempre
cerca de mí, en negro manto
mal cubierto el desdeñoso
gesto de tu rostro pálido.
No sé adonde vas, ni dónde
tu virgen belleza tálamo
busca en la noche. No sé
qué sueños cierran tus párpados,
ni de quién haya entreabierto
tu lecho inhospitalario.

....

Detén el paso, belleza
esquiva, detén el paso.
Besar quisiera la amarga,
amarga flor de tus labios.

XVIII
EL POETA

Para el libro *La casa de la primavera*
de Gregorio Martínez Sierra

Maldiciendo su destino
como Glauco, el dios marino,
mira, turbia la pupila
de llanto, el mar, que le debe su blanca virgen Scyla.

Él sabe que un Dios más fuerte
con la sustancia inmortal está jugando a la muerte,
cual niño bárbaro. Él piensa
que ha de caer como rama que sobre las aguas flota,
antes de perderse, gota
de mar, en la mar inmensa.

En sueños oyó el acento de una palabra divina;
en sueños se le ha mostrado la cruda ley diamantina,
sin odio ni amor, y el frío
soplo del olvido sabe sobre un arenal de hastío.

Bajo las palmeras del oasis el agua buena
miró brotar de la arena;
y se abrevó entre las dulces gacelas, y entre los fieros
animales carniceros...

Y supo cuánto es la vida hecha de sed y dolor.
Y fue compasivo para el ciervo y el cazador,
para el ladrón y el robado,
para el pájaro azorado,
para el sanguinario azor.

Con el Eclesiastés dijo: Vanidad de vanidades,
todo es negra vanidad;
y oyó otra voz que clamaba, alma de sus soledades:
sólo eres tú, luz que fulges en el corazón, verdad.

Y viendo cómo lucían
miles de blancas estrellas,
pensaba que todas ellas
en su corazón ardían.
¡Noche de amor!

          Y otra noche
sintió la mala tristeza
que enturbia la pura llama,
y el corazón que bosteza,
y el histrión que declama.

Y dijo: las galerías
del alma que espera están
desiertas, mudas, vacías:
las blancas sombras se van.

Y el demonio de los sueños abrió el jardín encantado
del ayer. ¡Cuán bello era!
¡Qué hermosamente el pasado
fingía la primavera,
cuando del árbol de otoño estaba el fruto colgado,
mísero fruto podrido,
que en el hueco acibarado
guarda el gusano escondido!

¡Alma, que en vano quisiste ser más joven cada día,
arranca tu flor, la humilde flor de la melancolía!

XIX

¡Verdes jardinillos,
claras plazoletas,
fuente verdinosa
donde el agua sueña,
donde el agua muda
resbala en la piedra!...

Las hojas de un verde
mustio, casi negras,
de la acacia, el viento
de septiembre besa,
y se lleva algunas
amarillas, secas,
jugando, entre el polvo
blanco de la tierra.

Linda doncellita,
que el cántaro llenas
de agua transparente,
tú, al verme, no llevas
a los negros bucles
de tu cabellera,
distraídamente,
la mano morena,
ni, luego, en el limpio
cristal te contemplas...

Tú miras al aire
de la tarde bella,
mientras de agua clara
el cántaro llenas.

DEL CAMINO

XX

PRELUDIO

Mientras la sombra pasa de un santo amor, hoy quiero
poner un dulce salmo sobre mi viejo atril.
Acordaré las notas del órgano severo
al suspirar fragante del pífano de abril.

Madurarán su aroma las pomas otoñales,
la mirra y el incienso salmodiarán su olor;
exhalarán su fresco perfume los rosales,
bajo la paz en sombra del tibio huerto en flor.

Al grave acorde lento de música y aroma,
la sola y vieja y noble razón de mi rezar
levantará su vuelo suave de paloma,
y la palabra blanca se elevará al altar.

XXI

Daba el reloj las doce... y eran doce
golpes de azada en tierra...
... ¡Mi hora! —grité—... El silencio
me respondió: —No temas;
tú no verás caer la última gota
que en la clepsidra tiembla.

Dormirás muchas horas todavía
sobre la orilla vieja,
y encontrarás una mañana pura
amarrada tu barca a otra ribera.

XXII

Sobre la tierra amarga,
caminos tiene el sueño
laberínticos, sendas tortuosas,
parques en flor y en sombra y en silencio;

criptas hondas, escalas sobre estrellas;
retablos de esperanzas y recuerdos.
Figurillas que pasan y sonríen
—juguetes melancólicos de viejo—;

imágenes amigas,
a la vuelta florida del sendero,
y quimeras rosadas
que hacen camino... lejos...

XXIII

En la desnuda tierra del camino
la hora florida brota,
espino solitario,
del valle humilde en la revuelta umbrosa.

El salmo verdadero
de tenue voz hoy torna
al corazón, y al labio,
la palabra quebrada y temblorosa.

Mis viejos mares duermen; se apagaron
sus espumas sonoras
sobre la playa estéril. La tormenta
camina lejos en la nube torva.

Vuelve la paz al cielo;
la brisa tutelar esparce aromas
otra vez sobre el campo, y aparece,
en la bendita soledad, tu sombra.

XXVIII

Crear fiestas de amores
en nuestro amor pensamos,
quemar nuevos aromas
en montes no pisados,

y guardar el secreto
de nuestros rostros pálidos,
porque en las bacanales de la vida
vacías nuestras copas conservamos,

mientras con eco de cristal y espuma
ríen los zumos de la vid dorados.

....

Un pájaro escondido entre las ramas
del parque solitario,
silba burlón...

           Nosotros exprimimos
la penumbra de un sueño en nuestro vaso...
Y algo, que es tierra en nuestra carne, siente
la humedad del jardín como un halago.

XXIX

Arde en tus ojos un misterio, virgen
esquiva y compañera.

No sé si es odio o es amor la lumbre
inagotable de tu aljaba negra.

Conmigo irás mientras proyecte sombra
mi cuerpo y quede a mi sandalia arena.

—¿Eres la sed o el agua en mi camino?
Dime, virgen esquiva y compañera.

XXXII

Las ascuas de un crepúsculo morado
detrás del negro cipresal humean...
En la glorieta en sombra está la fuente
con su alado y desnudo Amor de piedra,
que sueña mudo. En la marmórea taza
reposa el agua muerta.

XXXIII

¿Mi amor?... ¿Recuerdas, dime,
aquellos juncos tiernos,
lánguidos y amarillos
que hay en el cauce seco?...

¿Recuerdas la amapola
que calcinó el verano,
la amapola marchita,
negro crespón del campo?...

¿Te acuerdas del sol yerto
y humilde, en la mañana,
que brilla y tiembla roto
sobre una fuente helada?...

XXXIV

Me dijo un alba de la primavera:
Yo florecí en tu corazón sombrío
ha muchos años, caminante viejo
que no cortas las flores del camino.

Tu corazón de sombra, ¿acaso guarda
el viejo aroma de mis viejos lirios?

¿Perfuman aún mis rosas la alba frente
del hada de tu sueño adamantino?

Respondí a la mañana:
Sólo tienen cristal los sueños míos.
Yo no conozco el hada de mis sueños;
ni sé si está mi corazón florido.

Pero si aguardas la mañana pura
que ha de romper el vaso cristalino,
quizás el hada te dará tus rosas,
mi corazón tus lirios.

XXXVII

¡Oh, dime, noche amiga, amada vieja,
que me traes el retablo de mis sueños
siempre desierto y desolado, y solo
con mi fantasma dentro,
mi pobre sombra triste
sobre la estepa y bajo el sol de fuego,
o soñando amarguras
en las voces de todos los misterios,
dime, si sabes, vieja amada, dime
si son mías las lágrimas que vierto!
Me respondió la noche:
Jamás me revelaste tu secreto.
Yo nunca supe, amado,
si eras tú ese fantasma de tu sueño,
ni averigüé si era su voz la tuya,
o era la voz de un histrión grotesco.

Dije a la noche: Amada misteriosa,
tú sabes mi secreto;
tú has visto la honda gruta
donde fabrica su cristal mi sueño,

y sabes que mis lágrimas son mías,
y sabes mi dolor, mi dolor viejo.

¡Oh! Yo no sé, dijo la noche, amado,
yo no sé tu secreto,
aunque he visto vagar ése que dices
desolado fantasma, por tu sueño.
Yo me asomo a las almas cuando lloran
y escucho su hondo rezo,
humilde y solitario,
ése que llamas salmo verdadero;
pero en las hondas bóvedas del alma
no sé si el llanto es una voz o un eco.

Para escuchar tu queja de tus labios
yo te busqué en tu sueño,
y allí te vi vagando en un borroso
laberinto de espejos.

CANCIONES

XXXVIII

Abril florecía
frente a mi ventana.
Entre los jazmines
y las rosas blancas
de un balcón florido,
vi las dos hermanas.
La menor cosía,
la mayor hilaba...
Entre los jazmines
y las rosas blancas,
la más pequeñita,
risueña y rosada
—su aguja en el aire—,
miró a mi ventana.

La mayor seguía
silenciosa y pálida,
el huso en su rueca
que el lino enroscaba.
Abril florecía
frente a mi ventana.

Una clara tarde
la mayor lloraba,
entre los jazmines
y las rosas blancas,
y ante el blanco lino
que en su rueca hilaba.
—¿Qué tienes —le dije—
silenciosa pálida?
Señaló el vestido
que empezó la hermana.
En la negra túnica
la aguja brillaba;

sobre el blanco velo,
el dedal de plata.
Señaló la tarde
de abril que soñaba,
mientras que se oía
tañer de campanas.
Y en la clara tarde
me enseñó sus lágrimas...
Abril florecía
frente a mi ventana.

Fue otro abril alegre
y otra tarde plácida.
El balcón florido
solitario estaba...
Ni la pequeñita
risueña y rosada,
ni la hermana triste,
silenciosa y pálida,
ni la negra túnica,
ni la toca blanca...
Tan sólo en el huso
el lino giraba
por mano invisible,
y en la oscura sala
la luna del limpio
espejo brillaba...
Entre los jazmines
y las rosas blancas
del balcón florido,
me miré en la clara
luna del espejo
que lejos soñaba...
Abril florecía
frente a mi ventana.

XL

INVENTARIO GALANTE

Tus ojos me recuerdan
las noches de verano,
negras noches sin luna,
orilla al mar salado,
y el chispear de estrellas
del cielo negro y bajo.
Tus ojos me recuerdan.
las noches de verano.
Y tu morena carne,
los trigos requemados,
y el suspirar de fuego
de los maduros campos.

Tu hermana es clara y débil
como los juncos lánguidos,
como los sauces tristes,
como los linos glaucos.
Tu hermana es un lucero
en el azul lejano...
Y es alba y aura fría
sobre los pobres álamos
que en las orillas tiemblan
del río humilde y manso.
Tu hermana es un lucero
en el azul lejano.

De tu morena gracia,
de tu soñar gitano,
de tu mirar de sombra
quiero llenar mi vaso.
Me embriagaré una noche
de cielo negro y bajo,
para cantar contigo,

orilla al mar salado,
una canción que deje
cenizas en los labios...
De tu mirar de sombra
quiero llenar mi vaso.

Para tu linda hermana
arrancaré los ramos
de florecillas nuevas
a los almendros blancos,
en un tranquilo y triste
alborear de marzo.
Los regaré con agua
de los arroyos claros,
los ataré con verdes
junquillos del remanso...
Para tu linda hermana
yo haré un ramito blanco.

XLI

Me dijo una tarde
de la primavera:
Si buscas caminos
en flor en la tierra,
mata tus palabras
y oye tu alma vieja.
Que el mismo albo lino
que te vista, sea
tu traje de duelo,
tu traje de fiesta.
Ama tu alegría
y ama tu tristeza,
si buscas caminos
en flor en la tierra.

Respondí a la tarde
de la primavera:

Tú has dicho el secreto
que en mi alma reza:
yo odio la alegría
por odio a la pena.
Mas antes que pise
tu florida senda,
quisiera traerte
muerta mi alma vieja.

XLII

La vida hoy tiene ritmo
de ondas que pasan,
de olitas temblorosas
que fluyen y se alcanzan.

La vida hoy tiene el ritmo de los ríos,
la risa de las aguas
que entre verdes junquerales corren,
y entre las verdes cañas.

Sueño florido lleva el manso viento;
bulle la savia joven en las nuevas ramas;
tiemblan alas y frondas,
y la mirada sagital del águila
no encuentra presa... Treme el campo en sueños,
vibra el sol como un arpa.

¡Fugitiva ilusión de ojos guerreros,
que por las selvas pasas
a la hora del cenit: tiemble en mi pecho
el oro de tu aljaba!

En tus labios florece la alegría
de los campos en flor; tu veste alada

aroman las primeras velloritas,
las violetas perfuman tus sandalias.

Yo he seguido tus pasos en el viejo bosque,
arrebatados tras la corza rápida,
y los ágiles músculos rosados
de tus piernas silvestres entre verdes ramas.

¡Pasajera ilusión de ojos guerreros
que por las selvas pasas
cuando la tierra reverdece y ríen
los ríos en las cañas!

¡Tiemble en mi pecho el oro
que llevas en tu aljaba!

XLIII

Era una mañana y abril sonreía.
Frente al horizonte dorado moría
la luna, muy blanca y opaca; tras ella,
cual tenue ligera quimera, corría
la nube que apenas enturbia una estrella.

....

Como sonreía la rosa mañana
al sol del oriente abrí mi ventana;
y en mi triste alcoba penetró el oriente
en canto de alondras, en risa de fuente
y en suave perfume de flora temprana.

Fue una clara tarde de melancolía.
Abril sonreía. Yo abrí las ventanas
de mi casa al viento... El viento traía
perfume de rosas, dolor de campanas...

Doblar de campanas lejanas, llorosas,
suave de rosas aromado aliento...

... ¿Dónde están los huertos floridos de rosas?
¿Qué dicen las dulces campanas al viento?

....

Pregunté a la tarde de abril que moría:
¿Al fin la alegría se acerca a mi casa?
La tarde de abril sonrió: La alegría
pasó por tu puerta —y luego, sombría:
Pasó por tu puerta. Dos veces no pasa.

XLV

El sueño bajo el sol que aturde y ciega,
tórrido sueño en la hora de arrebol;
el río luminoso el aire surca;
esplende la montaña;
la tarde es polvo y sol.

El terrible caracol del viento
ronco dormita en el remoto alcor;
emerge el sueño ingrave en la palmera,
luego se enciende en el naranjo en flor.

La estúpida cigüeña
su garabato escribe en el sopor
del molino parado; el toro abate
sobre la hierba la testuz feroz.

La verde, quieta espuma del ramaje
efunde sobre el blanco paredón,
lejano, inerte, del jardín sombrío,
dormido bajo el cielo fanfarrón.

....

Lejos, enfrente de la tarde roja,
refulge el ventanal del torreón.

....

HUMORISMOS, FANTASÍAS, APUNTES

LOS GRANDES INVENTOS

XLVI

LA NORIA

La tarde caía
triste y polvorienta.

El agua cantaba
su copla plebeya
en los cangilones
de la noria lenta.

Soñaba la mula,
¡pobre mula vieja!,
al compás de sombra
que en el agua suena.

La tarde caía
triste y polvorienta.

Yo no sé qué noble,
divino poeta,
unió a la amargura
de la eterna rueda
la dulce armonía
del agua que sueña,
y vendó tus ojos,
¡pobre mula vieja!...

Mas sé que fue un noble,
divino poeta,
corazón maduro
de sombra y de ciencia.

XLVIII

LAS MOSCAS

Vosotras, las familiares,
inevitables golosas,
vosotras, moscas vulgares,
me evocáis todas las cosas.

¡Oh, viejas moscas voraces
como abejas en abril,
viejas moscas pertinaces
sobre mi calva infantil!

¡Moscas del primer hastío
en el salón familiar,
las claras tardes de estío
en que yo empecé a soñar!

Y en la aborrecida escuela,
raudas moscas divertidas,
perseguidas
por amor de lo que vuela,

—que todo es volar— sonoras,
rebotando en los cristales
en los días otoñales...
Moscas de todas las horas,

de infancia y adolescencia,
de mi juventud dorada;
de esta segunda inocencia,
que da en no creer nada,

de siempre... Moscas vulgares,
que de puro familiares
no tendréis digno cantor:
yo sé que os habéis posado

sobre el juguete encantado,
sobre el librote cerrado,
sobre la carta de amor,
sobre los párpados yertos
de los muertos.

Inevitables golosas,
que ni labráis como abejas,
ni brilláis cual mariposas;
pequeñitas, revoltosas,
vosotras, amigas viejas,
me evocáis todas las cosas.

XLIX

ELEGÍA DE UN MADRIGAL

Recuerdo que una tarde de soledad y hastío,
¡oh tarde como tantas!, el alma mía era,
bajo el azul monótono, un ancho y terso río
que ni tenía un pobre juncal en su ribera.

¡Oh mundo sin encanto, sentimental inopia
que borra el misterioso azogue del cristal!
¡Oh el alma sin amores que el Universo copia
con un irremediable bostezo universal!

*

Quiso el poeta recordar a solas,
las ondas bien amadas, la luz de los cabellos
que él llamaba en sus rimas rubias olas.
Leyó... La letra mata: no se acordaba de ellos...

Y un día —como tantos—, al aspirar un día
aromas de una rosa que en el rosal se abría,
brotó como una llama la luz de los cabellos

que él en sus madrigales llamaba rubias olas,
brotó, porque un aroma igual tuvieron ellos...
Y se alejó en silencio para llorar a solas.

LI

JARDÍN

Lejos de tu jardín quema la tarde
inciensos de oro en purpurinas llamas,
tras el bosque de cobre y de ceniza.
En tu jardín hay dalias.
¡Mal haya tu jardín!... Hoy me parece
la obra de un peluquero,
con esa pobre palmerilla enana,
y ese cuadro de mirtos recortados...,
y el naranjito en su tonel... El agua
de la fuente de piedra
no cesa de reír sobre la concha blanca.

LII

FANTASÍA DE UNA NOCHE DE ABRIL

¿Sevilla?... ¿Granada?... La noche de luna.
Angosta la calle, revuelta y moruna,
de blancas paredes y oscuras ventanas.
Cerrados postigos, corridas persianas...
El cielo vestía su gasa de abril.

Un vino risueño me dijo el camino.
Yo escucho los áureos consejos del vino,
que el vino es a veces escala de ensueño.
Abril y la noche y el vino risueño
cantaron en coro su salmo de amor.

La calle copiaba, con sombra en el muro,
el paso fantasma y el sueño maduro
de apuesto embozado, galán caballero:
espada tendida, calado sombrero...
La luna vertía su blanco soñar.

Como un laberinto mi sueño torcía
de calle en calleja. Mi sombra seguía
de aquel laberinto la sierpe encantada,
en pos de una oculta plazuela cerrada.
La luna lloraba su dulce blancor.

La casa y la clara ventana florida,
de blancos jazmines y nardos prendida,
más blancos que el blanco soñar de la luna...
—Señora, la hora, tal vez importuna...
¿Que espere? (La dueña se lleva el candil.)

Ya sé que sería quimera, señora,
mi sombra galante buscando a la aurora
en noches de estrellas y luna, si fuera
mentira la blanca nocturna quimera
que usurpa a la luna su trono de luz.

¡Oh dulce señora, más cándida y bella
que la solitaria matutina estrella
tan clara en el cielo! ¿Por qué silenciosa
oís mi nocturna querella amorosa?
¿Quién hizo, señora, cristal vuestra voz?...

La blanca quimera parece que sueña.
Acecha en la oscura estancia la dueña.
—Señora, si acaso otra sombra emboscada
teméis, en la sombra, fiad en mi espada...
Mi espada se ha visto a la luna brillar.

¿Acaso os parece mi gesto anacrónico?
El vuestro es, señora, sobrado lacónico.
¿Acaso os asombra mi sombra embozada,

de espada tendida y toca plumada?...
¿Seréis la cautiva del moro Gazul?...

Dijéraislo, y pronto mi amor os diría
el son de mi guzla y la algarabía
más dulce que oyera ventana moruna.
Mi guzla os dijera la noche de luna,
la noche de cándida luna de abril.

Dijera la clara cantiga de plata
del patio moruno, y la serenata
que lleva el aroma de floridas preces
a los miradores y a los ajimeces,
los salmos de un blanco fantasma lunar.

Dijera las danzas de trenzas lascivas,
las muelles cadencias de ensueños, las vivas
centellas de lánguidos rostros velados,
los tibios perfumes, los huertos cerrados;
dijera el aroma letal del harén.

Yo guardo, señora, en viejo salterio
también una copla de blanco misterio,
la copla más suave, más dulce y más sabia
que evoca las claras estrellas de Arabia
y aromas de un moro jardín andaluz.

Silencio... En la noche la paz de la luna
alumbra la blanca ventana moruna.
Silencio... Es el musgo que brota, y la hiedra
que lenta desgarra la tapia de piedra...
El llanto que vierte la luna de abril.

—Si sois una sombra de la primavera
blanca entre jazmines, o antigua quimera
soñada en las trovas de dulces cantores,
yo soy una sombra de viejos cantares,
y el signo de un álgebra vieja de amores.

Los gayos, lascivos decires mejores,
los árabes albos nocturnos soñares,
las coplas mundanas, los salmos talares,
poned en mis labios;
yo soy una sombra también del amor.

Ya muerta la luna, mi sueño volvía
por la retorcida, moruna calleja.
El sol en Oriente reía
su risa más vieja.

LIII

A UN NARANJO Y A UN LIMONERO

VISTOS EN UNA TIENDA DE PLANTAS Y FLORES

Naranjo en maceta, ¡qué triste es tu suerte!
Medrosas tiritan tus hojas menguadas.
Naranjo en la corte, qué pena da verte
con tus naranjitas secas y arrugadas.

Pobre limonero de fruto amarillo
cual plomo pulido de pálida cera,
¡qué pena mirarte, mísero arbolillo
criado en mezquino tonel de madera!

De los claros bosques de la Andalucía,
¿quién os trajo a esta castellana tierra
que barren los vientos de la adusta sierra,
hijos de los campos de la tierra mía?

¡Gloria de los huertos, árbol limonero,
que enciendes los frutos de pálido oro
y alumbras del negro cipresal austero
las quietas plegarias erguidas en coro;

y fresco naranjo del patio querido,
del campo risueño y el huerto soñado,

siempre en mi recuerdo maduro o florido
de frondas y aromas y frutos cargado!

LIV

LOS SUEÑOS MALOS

Está la plaza sombría;
muere el día.
Suenan lejos las campanas.

De balcones y ventanas
se iluminan las vidrieras,
con reflejos mortecinos,
como huesos blanquecinos
y borrosas calaveras.

En toda la tarde brilla
una luz de pesadilla.
Está el sol en el ocaso.
Suena el eco de mi paso.

—¿Eres tú? Ya te esperaba...
—No eras tú a quien yo buscaba.

LVIII

GLOSA

Nuestras vidas son los ríos,
que van a dar a la mar,
que es el morir. ¡Gran cantar!

Entre los poetas míos
tiene Manrique un altar.

Dulce goce de vivir:
mala ciencia del pasar,
ciego huir a la mar.

Tras el pavor del morir
está el placer de llegar.

¡Gran placer!
Mas ¿y el horror de volver?
¡Gran pesar!

LIX

Anoche cuando dormía
soñé, ¡bendita ilusión!,
que una fontana fluía
dentro de mi corazón.
Di: ¿por qué acequia escondida,
agua, vienes hasta mí,
manantial de nueva vida
en donde nunca bebí?

Anoche cuando dormía
soñé, ¡bendita ilusión!,
que una colmena tenía
dentro de mi corazón;
y las doradas abejas
iban fabricando en él,
con las amarguras viejas,
blanca cera y dulce miel.

Anoche cuando dormía
soñé, ¡bendita ilusión!,
que un sol ardiente lucía
dentro de mi corazón.
Era ardiente porque daba
calores de rojo hogar,

y era sol porque alumbraba
y porque hacía llorar.

Anoche cuando dormía
soñé, ¡bendita ilusión!,
que era Dios lo que tenía
dentro de mi corazón.

LX

¿Mi corazón se ha dormido?
Colmenares de mis sueños,
¿ya no labráis? ¿Está seca
la noria del pensamiento,
los cangilones vacíos,
girando, de sombra llenos?

No, mi corazón no duerme.
Está despierto, despierto.
Ni duerme ni sueña, mira,
los claros ojos abiertos,
señas lejanas y escucha
a orillas del gran silencio.

GALERÍAS

LXI

INTRODUCCIÓN

Leyendo un claro día
mis bien amados versos,
he visto en el profundo
espejo de mis sueños

que una verdad divina
temblando está de miedo,
y es una flor que quiere
echar su aroma al viento.

El alma del poeta
se orienta hacia el misterio.
Sólo el poeta puede
mirar lo que está lejos
dentro del alma, en turbio
y mago son envuelto.

En esas galerías,
sin fondo, del recuerdo,
donde las pobres gentes
colgaron cual trofeo

el traje de una fiesta
apolillado y viejo,
allí el poeta sabe
el laborar eterno
mirar de las doradas
abejas de los sueños.

Poetas, con el alma
atenta al hondo cielo,
en la cruel batalla
o en el tranquilo huerto,
la nueva miel labramos

con los dolores viejos,
la veste blanca y pura
pacientemente hacemos,
y bajo el sol bruñimos
el fuerte arnés de hierro.

El alma que no sueña,
el enemigo espejo,
proyecta nuestra imagen
con el perfil grotesco.

Sentimos una ola
de sangre, en nuestro pecho,
que pasa..., y sonreímos,
y a laborar volvemos.

LXII

Desgarrada la nube; el arco iris
brillando ya en el cielo,
y en un fanal de lluvia
y sol el campo envuelto.

Desperté. ¿Quién enturbia
los mágicos cristales de mi sueño?
Mi corazón latía
atónito y disperso.

... ¡El limonar florido,
el cipresal del huerto,
el prado verde, el sol, el agua, el iris...!,
¡el agua en tus cabellos!...

Y todo en la memoria se perdía
como una pompa de jabón al viento.

LXIV

Desde el umbral de un sueño me llamaron...
Era la buena voz, la voz querida.

—Dime: ¿vendrás conmigo a ver el alma?...
Llegó a mi corazón una caricia.

—Contigo siempre... Y avancé en mi sueño
por una larga, escueta galería,
sintiendo el roce de la veste pura
y el palpitar suave de la mano amiga.

LXVII

Si yo fuera un poeta
galante, cantaría
a vuestros ojos un cantar tan puro
como en el mármol blanco el agua limpia.

Y en una estrofa de agua
todo el cantar sería:

«Ya sé que no responden a mis ojos,
que ven y no preguntan cuando miran,
los vuestros claros, vuestros ojos tienen
la buena luz tranquila,
la buena luz del mundo en flor, que he visto
desde los brazos de mi madre un día».

LXVIII

Llamó a mi corazón, un claro día,
con un perfume de jazmín, el viento.

—A cambio de este aroma,
todo el aroma de tus rosas quiero.

—No tengo rosas; flores
en mi jardín no hay ya; todas han muerto.

—Me llevaré los llantos de las fuentes,
las hojas amarillas y los mustios pétalos.
Y el viento huyó... Mi corazón sangraba...
Alma, ¿qué has hecho de tu pobre huerto?

LXX

Y nada importa ya que el vino de oro
rebose de tu copa cristalina,
o el agrio zumo enturbie el puro vaso...

Tú sabes las secretas galerías
del alma, los caminos de los sueños,
y la tarde tranquila
donde van a morir... Allí te aguardan

las hadas silenciosas de la vida,
y hacia un jardín de eterna primavera
te llevarán un día.

LXXIV

Tarde tranquila, casi
con placidez de alma,
para ser joven, para haberlo sido
cuando Dios quiso, para
tener algunas alegrías... lejos,
y poder dulcemente recordarlas.

LXXVI

¡Oh tarde luminosa!
El aire está encantado.

La blanca cigüeña
dormita volando,
y las golondrinas se cruzan, tendidas
las alas agudas al viento dorado,
y en la tarde risueña se alejan
volando, soñando...

Y hay una que torna como la saeta,
las alas agudas tendidas al aire sombrío,
buscando su negro rincón del tejado.

La blanca cigüeña,
como un garabato,
tranquila y disforme ¡tan disparatada!,
sobre el campanario.

LXXVII

Es una tarde cenicienta y mustia,
destartalada, como el alma mía;
y es esta vieja angustia
que habita mi usual hipocondría.

La causa de esta angustia no consigo
ni vagamente comprender siquiera;
pero recuerdo y, recordando, digo:
—Sí; yo era niño, y tú, mi compañera.

*

Y no es verdad, dolor, yo te conozco,
tú eres nostalgia de la vida buena,
y soledad de corazón sombrío,
de barco sin naufragio y sin estrella.

Como perro olvidado que no tiene
huella ni olfato y yerra
por los caminos, sin camino, como
el niño que en la noche de una fiesta

se pierde entre el gentío
y el aire polvoriento y las candelas
chispeantes, atónito, y asombra
su corazón de música y de pena,

así voy yo, borracho, melancólico,
guitarrista lunático, poeta,
y pobre hombre en sueños,
siempre buscando a Dios entre la niebla.

LXXVIII

¿Y ha de morir contigo el mundo mago
donde guarda el recuerdo
los hálitos más puros de la vida
la blanca sombra del amor primero,

la voz que fue a tu corazón, la mano
que tú querías retener en sueños,
y todos los amores
que llegaron al alma, al hondo cielo?

¿Y ha de morir contigo el mundo tuyo,
la vieja vida en orden tuyo y nuevo?
¿Los yunques y crisoles de tu alma
trabajan para el polvo y para el viento?

LXXIX

Desnuda está la tierra,
y el alma aúlla al horizonte pálido
como loba famélica. ¿Qué buscas,
poeta, en el ocaso?

¡Amargo caminar, porque el camino
pesa en el corazón! ¡El viento helado,
y la noche que llega, y la amargura
de la distancia!... En el camino blanco

algunos yertos árboles negrean;
en los montes lejanos
hay oro y sangre... El sol murió... ¿Qué buscas,
poeta, en el ocaso?

LXXXII

LOS SUEÑOS

El hada más hermosa ha sonreído
al ver la lumbre de una estrella pálida,
que en hilo suave, blanco y silencioso
se enrosca al huso de su rubia hermana.

Y vuelve a sonreír, porque en su rueca
el hilo de los campos se enmaraña.
Tras la tenue cortina de la alcoba
está el jardín envuelto en luz dorada.

La cuna, casi en sombra. El niño duerme.
Dos hadas laboriosas lo acompañan,
hilando de los sueños los sutiles
copos en ruecas de marfil y plata.

LXXXIV

El rojo sol de un sueño en el Oriente asoma.
Luz en sueños. ¿No tiemblas, andante peregrino?
Pasado el llano verde, en la florida loma,
acaso está el cercano final de tu camino.

Tú no verás del trigo la espiga sazonada
y de macizas pomas cargado el manzanar,
ni de la vid rugosa la uva aurirrosada
ha de exprimir su alegre licor en tu lagar.

Cuando el primer aroma exhalen los jazmines
y cuando más palpiten las rosas del amor,

una mañana de oro que alumbre los jardines,
¿no huirá, como una nube dispersa, el sueño en flor?

Campo recién florido y verde, ¡quién pudiera
soñar aún largo tiempo en esas pequeñitas
corolas azuladas que manchan la pradera,
y en esas diminutas primeras margaritas!

LXXXVII

RENACIMIENTO

Galerías del alma... ¡el alma niña!
Su clara luz risueña;
y la pequeña historia
y la alegría de la vida nueva...

¡Ah, volver a nacer, y andar camino,
ya recobrada la perdida senda!

Y volver a sentir en nuestra mano
aquel latido de la mano buena
de nuestra madre... Y caminar en sueños
por amor de la mano que nos lleva.

*

En nuestras almas todo
por misteriosa mano se gobierna.
Incomprensibles, mudas,
nada sabemos de las almas nuestras.

Las más hondas palabras
del sabio nos enseñan,
lo que el silbar del viento cuando sopla,
o el sonar de las aguas cuando ruedan.

LXXXVIII

Tal vez la mano, en sueños,
del sembrador de estrellas,
hizo sonar la música olvidada

como una nota de la lira inmensa,
y la ola humilde a nuestros labios vino
de unas pocas palabras verdaderas.

LXXXIX

Y podrás conocerte, recordando
del pasado soñar los turbios lienzos,
en este día triste en que caminas
con los ojos abiertos.

De toda la memoria, sólo vale
el don preclaro de evocar los sueños.

XC

Los árboles conservan
verdes aún las copas
pero del verde mustio
de las marchitas frondas.

El agua de la fuente,
sobre la piedra tosca
y de verdín cubierta,
resbala silenciosa.

Arrastra el viento algunas
amarillentas hojas.
¡El viento de la tarde
sobre la tierra en sombra!

VARIA

XCII

Tournez, tournez, chevauz de bois.
VERLAINE

Pegasos, lindos pegasos,
caballitos de madera.

....

Yo conocí, siendo niño,
la alegría de dar vueltas
sobre un corcel colorado,
en una noche de fiesta.

En el aire polvoriento
chispeaban las candelas,
y la noche azul ardía
toda sembrada de estrellas.

¡Alegrías infantiles
que cuestan una moneda
de cobre, lindos pegasos,
caballitos de madera!

XCIII

Deletreos de armonía
que ensaya inexperta mano.

Hastío. Cacofonía
del sempiterno piano
que yo de niño escuchaba
soñando... no sé con qué,

con algo que no llegaba,
todo lo que ya se fue.

XCIV

En medio de la plaza y sobre tosca piedra,
el agua brota y brota. En el cercano huerto
eleva, tras el muro ceñido por la hiedra,
alto ciprés la mancha de su ramaje y yerto.

La tarde está cayendo frente a los caserones,
de la ancha plaza, en sueños. Relucen las vidrieras
con ecos mortecinos de sol. En los balcones
hay formas que parecen confusas calaveras.

La calma es infinita en la desierta plaza,
donde pasea el alma su traza de alma en pena.
El agua brota y brota en la marmórea taza.
En todo el aire en sombra no más que el agua suena.

XCV

COPLAS MUNDANAS

Poeta ayer, hoy triste y pobre
filósofo trasnochado
tengo monedas de cobre
el oro de ayer cambiado.

Sin placer y sin fortuna
pasó como una quimera
mi juventud, la primera...
la sola, no hay más que una:
la de dentro es la de fuera.

Pasó como un torbellino,
bohemia y aborrascada,
harta de coplas y vino,
mi juventud bien amada.

Y hoy miro a las galerías
del recuerdo, para hacer
aleluyas de elegías
desconsoladas de ayer.

¡Adiós, lágrimas cantoras,
lágrimas que alegremente
brotabais, como en la fuente
las limpias aguas sonoras!

¡Buenas lágrimas vertidas
por un amor juvenil,
cual frescas lluvias caídas
sobre los campos de abril!

No canta ya el ruiseñor
de cierta noche serena;
sanamos del mal de amor
que sabe llorar sin pena.

Poeta ayer, hoy triste y pobre
filósofo trasnochado,
tengo en monedas de cobre
el oro de ayer cambiado.

XCVI

SOL DE INVIERNO

Es mediodía. Un parque.
Invierno. Blancas sendas;
simétricos montículos
y ramas esqueléticas.

Bajo el invernadero,
naranjos en maceta,
y en su tonel, pintado
de verde, la palmera.

Un viejecillo dice,
para su capa vieja:
«¡El sol, esta hermosura
de sol!...». Los niños juegan.

El agua de la fuente
resbala, corre y sueña
lamiendo, casi muda,
la verdinosa piedra.

CAMPOS DE CASTILLA

XCVII

RETRATO

Mi infancia son recuerdos de un patio de Sevilla,
y un huerto claro donde madura el limonero;
mi juventud, veinte años en tierra de Castilla;
mi historia, algunos casos que recordar no quiero.

Ni un seductor Mañara, ni un Bradomín he sido
—ya conocéis mi torpe aliño indumentario—,
mas recibí la flecha que me asignó Cupido,
y amé cuanto ellas puedan tener de hospitalario.

Hay en mis venas gotas de sangre jacobina,
pero mi verso brota de manantial sereno;
y, más que un hombre al uso que sabe su doctrina,
soy, en el buen sentido de la palabra, bueno.

Adoro la hermosura, y en la moderna estética
corté las viejas rosas del huerto de Ronsard;
mas no amo los afeites de la actual cosmética,
ni soy un ave de ésas del nuevo gay-trinar.

Desdeño las romanzas de los tenores huecos
y el coro de los grillos que cantan a la luna.
A distinguir me paro las voces de los ecos,
y escucho solamente, entre las voces, una.

¿Soy clásico o romántico? No sé. Dejar quisiera
mi verso, como deja el capitán su espada:
famosa por la mano viril que la blandiera,
no por el docto oficio del forjador preciada.

Converso con el hombre que siempre va conmigo;
—quien habla solo, espera hablar a Dios un día;
mi soliloquio es plática con este buen amigo
que me enseñó el secreto de la filantropía.

Y al cabo, nada os debo; debéisme cuanto he escrito.
A mi trabajo acudo, con mi dinero pago
el traje que me cubre y la mansión que habito,
el pan que me alimenta y el lecho en donde yago.

Y cuando llegue el día del último viaje
y esté al partir la nave que nunca ha de tornar,
me encontraréis a bordo ligero de equipaje,
casi desnudo, como los hijos de la mar.

XCVIII

A ORILLAS DEL DUERO

Mediaba el mes de julio. Era un hermoso día.
Yo, solo, por las quiebras del pedregal subía,
buscando los recodos de sombra, lentamente.
A trechos me paraba para enjugar mi frente
y dar algún respiro al pecho jadeante;
o bien, ahincando el paso, el cuerpo hacia adelante
y hacia la mano diestra vencido y apoyado
en un bastón, a guisa de pastoril cayado,
trepaba por los cerros que habitan las rapaces
aves de altura, hollando las hierbas montaraces
de fuerte olor —romero, tomillo, salvia, espliego—.
Sobre los agrios campos caía un sol de fuego.

Un buitre de anchas alas con majestuoso vuelo
cruzaba solitario el puro azul del cielo.
Yo divisaba, lejos, un monte alto y agudo,
y una redonda loma cual recamado escudo,
y cárdenos alcores sobre la parda tierra
—harapos esparcidos de un viejo arnés de guerra—,
las serrezuelas calvas por donde tuerce el Duero
para formar la corva ballesta de un arquero
en torno a Soria. —Soria es una barbacana

hacia Aragón que tiene la torre castellana—.
Veía el horizonte cerrado por colinas
oscuras, coronadas de robles y de encinas;
desnudos peñascales, algún humilde prado
donde el merino pace y el toro arrodillado
sobre la hierba rumia; las márgenes del río
lucir sus verdes álamos al claro sol de estío,
y, silenciosamente, lejanos pasajeros,
¡tan diminutos! —carros, jinetes y arrieros—
cruzar el largo puente y bajo las arcadas
de piedra ensombrecerse las aguas plateadas
del Duero.

      El Duero cruza el corazón de roble
de Iberia y de Castilla.

          ¡Oh, tierra triste y noble,
la de los altos llanos y yermos y roquedas,
de campos sin arados, regatos ni arboledas;
decrépitas ciudades, caminos sin mesones,
y atónitos palurdos sin danzas ni canciones
que aún van, abandonando el mortecino hogar,
como tus largos ríos, Castilla, hacia la mar!

Castilla miserable, ayer dominadora,
envuelta en sus andrajos desprecia cuanto ignora.
¿Espera, duerme o sueña? ¿La sangre derramada
recuerda, cuando tuvo la fiebre de la espada?
Todo se mueve, fluye, discurre, corre o gira;
cambian la mar y el monte y el ojo que los mira.
¿Pasó? Sobre sus campos aún el fantasma yerra
de un pueblo que ponía a Dios sobre la guerra.

La madre en otro tiempo fecunda en capitanes
madrastra es hoy apenas de humildes ganapanes.
Castilla no es aquella tan generosa un día,
cuando Mío Cid Rodrigo el de Vivar volvía,

ufano de su nueva fortuna y su opulencia,
a regalar a Alfonso los huertos de Valencia;
o que, tras la aventura que acreditó sus bríos,
pedía la conquista de los inmensos ríos
indianos a la corte, la madre de soldados,
guerreros y adalides que han de tornar cargado
de plata y oro a España, en regios galeones,
para la presa cuervos, para la lid leones.
Filósofos nutridos de sopa de convento
contemplan impasibles el amplio firmamento;
y si les llega en sueños, como un rumor distante,
clamor de mercaderes de muelles de Levante,
no acudirán siquiera a preguntar ¿qué pasa?
Y ya la guerra ha abierto las puertas de su casa.

Castilla miserable, ayer dominadora,
envuelta en sus harapos desprecia cuanto ignora.

El sol va declinando. De la ciudad lejana
me llega un armonioso tañido de campana
—ya irán a su rosario las enlutadas viejas—.
De entre las peñas salen dos lindas comadrejas;
me miran y se alejan, huyendo, y aparecen
de nuevo, ¡tan curiosas!... Los campos se oscurecen.
Hacia el camino blanco está el mesón abierto
al campo ensombrecido y al pedregal desierto.

XCIX

POR TIERRAS DE ESPAÑA

El hombre de estos campos que incendia los pinares
y su despojo aguarda como botín de guerra,
antaño hubo raído los negros encinares,
talado los robustos robledos de la sierra.

Hoy ve a sus pobres hijos huyendo de sus lares;
la tempestad llevarse los limos de la tierra
por los sagrados ríos hacia los anchos mares;
y en páramos malditos trabaja, sufre y yerra.

Es hijo de una estirpe de rudos caminantes,
pastores que conducen sus hordas de merinos
a Extremadura fértil, rebaños trashumantes
que mancha el polvo y dora el sol de los caminos.

Pequeño, ágil, sufrido, los ojos de hombre astuto,
hundidos, recelosos, movibles; y trazadas
cual arco de ballesta, en el semblante enjuto
de pómulos salientes, las cejas muy pobladas.

Abunda el hombre malo del campo y de la aldea,
capaz de insanos vicios y crímenes bestiales,
que bajo el pardo sayo esconde un alma fea
esclava de los siete pecados capitales.

Los ojos siempre turbios de envidia o de tristeza,
guarda su presa y llora la que el vecino alcanza;
ni para su infortunio ni goza su riqueza;
le hieren y acongojan fortuna y malandanza.

El numen de estos campos es sanguinario y fiero:
al declinar la tarde, sobre el remoto alcor,
veréis agigantarse la forma de un arquero,
la forma de un inmenso centauro flechador.

Veréis llanuras bélicas y páramos de asceta
—no fue por estos campos el bíblico jardín—
son tierras para el águila, un trozo de planeta
por donde cruza errante la sombra de Caín.

C

EL HOSPICIO

Es el hospicio, el viejo hospicio provinciano,
el caserón ruinoso de ennegrecidas tejas
en donde los vencejos anidan en verano
y graznan en las noches de invierno las cornejas.

Con su frontón al Norte, entre los dos torreones
de antigua fortaleza, el sórdido edificio
de agrietados muros y sucios paredones,
es un rincón de sombra eterna. ¡El viejo hospicio!

Mientras el sol de enero su débil luz envía,
su triste luz velada sobre los campos yermos,
a un ventanuco asoman, al declinar el día,
algunos rostros pálidos, atónitos y enfermos,

a contemplar los montes azules de la sierra;
o, de los cielos blancos, como sobre una fosa,
caer la blanca nieve sobre la fría tierra,
sobre la tierra fría la nieve silenciosa...

CI

EL DIOS ÍBERO

Igual que el ballestero
tahúr de la cantiga,
tuviera una saeta el hombre ibero
para el Señor que apedreó la espiga
y malogró los frutos otoñales,
y un «gloria a Ti» para el Señor que grana
centenos y trigales
que el pan bendito le darán mañana.

«Señor de la ruina,
adoro porque aguardo y porque temo:
con mi oración se inclina
hacia la tierra un corazón blasfemo.

¡Señor, por quien arranco el pan con pena,
sé tu poder, conozco mi cadena!
¡Oh dueño de la nube del estío
que la campiña arrasa,
del seco otoño, del helar tardío
y del bochorno que la mies abrasa!

¡Señor del iris, sobre el campo verde
donde la oveja pace,
Señor del fruto que el gusano muerde
y de la choza que el turbión deshace,

tu soplo el fuego del hogar aviva,
tu lumbre da sazón al rubio grano,
y cuaja el hueso de la verde oliva,
la noche de San Juan, tu santa mano!

¡Oh dueño de fortuna y de pobreza,
ventura y malandanza,
que al rico das favores y pereza
y al pobre su fatiga y su esperanza!

¡Señor, Señor: en la voltaria rueda
del año he visto mi simiente echada,
corriendo igual albur que la moneda
del jugador en el azar sembrada!

¡Señor, hoy paternal, ayer cruento,
con doble faz de amor y de venganza,
a Ti, en un dado de tahúr al viento
va mi oración, blasfemia y alabanza!»

Éste que insulta a Dios en los altares,
no más atento al ceño del Destino,

también soñó caminos en los mares
y dijo: «Es Dios sobre la mar camino».

¿No es él quien puso a Dios sobre la guerra
más allá de la suerte,
más allá de la tierra,
más allá de la mar y de la muerte?

¿No dio la encina ibera
para el fuego de Dios la buena rama,
que fue en la santa hoguera
de amor una con Dios en pura llama?

Mas hoy... ¡Qué importa un día!
Para los nuevos lares
estepas hay en la floresta umbría,
leña verde en los viejos encinares.

Aún larga patria espera
abrir al corvo arado sus besanas;
para el grano de Dios hay sementera
bajo cardos y abrojos y bardanas.

¡Qué importa un día! Está el ayer alerto
al mañana, mañana al infinito;
¡hombres de España, ni el pasado ha muerto,
ni está el mañana —ni el ayer— escrito!

¿Quién ha visto la faz al Dios hispano?
Mi corazón aguarda
al hombre ibero de la recia mano,
que tallará en el roble castellano
el Dios adusto de la tierra parda.

CII

ORILLAS DEL DUERO

¡Primavera soriana, primavera
humilde, como el sueño de un bendito,
de un pobre caminante que durmiera
de cansancio en un páramo infinito!

¡Campillo amarillento,
como tosco sayal de campesina,
pradera de velludo polvoriento
donde pace la escuálida merina!

¡Aquellos diminutos pegujales
de tierra dura y fría,
donde apuntan centenos y trigales
que el pan moreno nos darán un día!

Y otra vez roca y roca, pedregales
desnudos y pelados serrijones,
la tierra de las águilas caudales,
malezas y jarales,
hierbas monteses, zarzas y cambrones.

¡Oh tierra ingrata y fuerte, tierra mía!
¡Castilla, tus decrépitas ciudades!
¡La agria melancolía
que puebla tus sombrías soledades!

¡Castilla varonil, adusta tierra,
Castilla del desdén contra la suerte,
Castilla del dolor y de la guerra,
tierra inmortal, Castilla de la muerte!

Era una tarde, cuando el campo huía
del sol, y en el asombro del planeta,
como un globo morado aparecía
la hermosa luna, amada del poeta.

En el cárdeno cielo violeta
alguna clara estrella fulguraba.
El aire ensombrecido
oreaba mis sienes, y acercaba
el murmullo del agua hasta mi oído.

Entre cerros de plomo y de ceniza
manchados de roídos encinares,
y entre calvas roquedas de caliza,
iba a embestir los ocho tajamares
del puente el padre río,
que surca de Castilla el yermo frío.

¡Oh Duero, tu agua corre
y correrá mientras las nieves blancas
de enero el sol de mayo
haga fluir por hoces y barrancas,
mientras tengan las sierras su turbante
de nieve y de tormenta,
y brille el olifante
del sol, tras de la nube cenicienta!...

¿Y el viejo romancero
fue el sueño de un juglar junto a tu orilla?
¿Acaso como tú y por siempre, Duero,
irá corriendo hacia la mar Castilla?

CIII

LAS ENCINAS

A los señores de Masriera, en recuerdo
de una expedición a El Pardo

¡Encinares castellanos
en laderas y altozanos,
serrijones y colinas

llenos de oscura maleza,
encinas, pardas encinas,
—humildad y fortaleza—!

Mientras que llenándoos va
el hacha de calvijares,
¿nadie cantaros sabrá,
encinares?

El roble es la guerra, el roble
dice el valor y el coraje,
rabia inmoble
en su torcido ramaje,
y es más rudo
que la encina, más nervudo,
más altivo y más señor.

El alto roble parece
que recalca y ennudece
su robustez como atleta
que, erguido, afinca en el suelo.

El pino es el mar y el cielo
y la montaña: el planeta.
La palmera es el desierto,
el sol y la lejanía:
la sed; una fuente fría
soñada en el campo yerto.

Las hayas son la leyenda.
Alguien, en las viejas hayas,
leía una historia horrenda
de crímenes y batallas.

¿Quién ha visto sin temblar
un hayedo en un pinar?
Los chopos son la ribera,
liras de la primavera,
cerca del agua que fluye,

pasa y huye,
viva o lenta,
que se emboca turbulenta
o en remanso se dilata.
En su eterno escalofrío
copian del agua del río
las vivas ondas de plata.

De los parques las olmedas
son las buenas arboledas
que nos han visto jugar,
cuando eran nuestros cabellos
rubios y, con nieve en ellos,
nos han de ver meditar.

Tiene el manzano el olor
de su poma,
el eucalipto el aroma
de sus hojas, de su flor
el naranjo la fragancia;
y es del huerto
la elegancia
el ciprés oscuro y yerto.

¿Qué tienes tú, negra encina
campesina,
con tus ramas sin color
en el campo sin verdor;
con tu tronco ceniciento
sin esbeltez ni altiveza,
con tu vigor sin tormento,
y tu humildad que es firmeza?

En tu copa ancha y redonda
nada brilla,
ni tu verdioscura fronda
ni tu flor verdiamarilla.

Nada es lindo ni arrogante
en tu porte, ni guerrero,
nada fiero
que aderece tu talante.
Brotas derecha o torcida
con esa humildad que cede
sólo a la ley de la vida,
que es vivir como se puede.

El campo mismo se hizo
árbol en ti, parda encina.
Ya bajo el sol que calcina,
ya contra el hielo invernizo,
el bochorno y la borrasca,
el agosto y el enero,
los copos de la nevasca,
los hilos del aguacero,
siempre firme, siempre igual,
impasible, casta y buena,
¡oh tú, robusta y serena,
eterna encina rural
de los negros encinares
de la raya aragonesa
y las crestas militares
de la tierra pamplonesa;
encinas de Extremadura,
de Castilla, que hizo a España,
encinas de la llanura,
del cerro y de la montaña;
encinas del alto llano
que el joven Duero rodea,
y del Tajo que serpea
por el suelo toledano;
encinas de junto al mar
—en Santander—, encinar
que pones tu nota arisca,

como un castellano ceño,
en Córdoba la morisca,
y tú, encinar madrileño,
bajo Guadarrama frío,
tan hermoso, tan sombrío,
con tu adustez castellana
corrigiendo
la vanidad y el atuendo
y la hetiquez cortesana!...
Ya sé, encinas
campesinas,
que os pintaron, con lebreles
elegantes y corceles,
los más egregios pinceles,
y os cantaron los poetas
augustales,
que os asordan escopetas
de cazadores reales;
mas sois el campo y el lar
y la sombra tutelar
de los buenos aldeanos
que visten parda estameña,
y que cortan vuestra leña
con sus manos.

CIV

¿Eres tú, Guadarrama, viejo amigo,
la sierra gris y blanca,
la sierra de mis tardes madrileñas
que yo veía en el azul pintada?

Por tus barrancos hondos
y por tus cumbres agrias,

mil Guadarramas y mil soles vienen,
cabalgando conmigo, a tus entrañas.

Camino de Balsaín, 1911

CV

EN ABRIL, LAS AGUAS MIL

Son de abril las aguas mil.
Sopla el viento achubascado,
y entre nublado y nublado
hay trozos de cielo añil.

Agua y sol. El iris brilla.
En una nube lejana,
zigzaguea
una centella amarilla.

La lluvia da en la ventana
y el cristal repiquetea.

A través de la neblina
que forma la lluvia fina,
se divisa un prado verde,
y un encinar se esfumina,
y una sierra gris se pierde.

Los hilos del aguacero
sesgan las nacientes frondas,
y agitan las turbias ondas
en el remanso del Duero.

Lloviendo está en los habares
y en las pardas sementeras;
hay sol en los encinares,
charcos por las carreteras.

Lluvia y sol. Ya se oscurece
el campo, ya se ilumina;
allí un cerro desparece,
allá surge una colina.

Ya son claros, ya sombríos
los dispersos caseríos,
los lejanos torreones.

Hacia la sierra plomiza
van rodando en pelotones
nubes de guata y ceniza.

CVIII

UN CRIMINAL

El acusado es pálido y lampiño.
Arde en sus ojos una fosca lumbre,
que repugna a su máscara de niño
y ademán de piadosa mansedumbre.

Conserva del oscuro seminario
el talante modesto y la costumbre
de mirar a la tierra o al breviario.

Devoto de María,
madre de pecadores,
por Burgos bachiller en teología,
presto a tomar las órdenes menores.

Fue su crimen atroz. Hartóse un día
de los textos profanos y divinos,
sintió pesar del tiempo que perdía
enderezando hipérbatons latinos.

Enamoróse de una hermosa niña;
subiósele el amor a la cabeza

como el zumo dorado de la viña,
y despertó su natural fiereza.

En sueños vio a sus padres —labradores
de mediano caudal— iluminados,
del hogar por los rojos resplandores,
los campesinos rostros atezados.

Quiso heredar. ¡Oh, guindos y nogales
del huerto familiar, verde y sombrío,
y doradas espigas candeales
que colmarán las trojes del estío!

Y se acordó del hacha que pendía
en el muro, luciente y afilada,
el hacha fuerte que la leña hacía
de la rama de roble cercenada.

....

Frente al reo, los jueces con sus viejos
ropones enlutados;
y una hilera de oscuros entrecejos
y de plebeyos rostros: los jurados.

El abogado defensor perora,
golpeando el pupitre con la mano;
emborrona papel un escribano,
mientras oye el fiscal, indiferente,
el alegato enfático y sonoro,
y repasa los autos judiciales
o, entre sus dedos, de las gafas de oro
acaricia los límpidos cristales.

Dice un ujier: «Va sin remedio al palo».
El joven cuervo la clemencia espera.
Un pueblo carne de horca, la severa
justicia aguarda que castiga al malo.

CX

EN TREN

Yo, para todo viaje
—siempre sobre la madera
de mi vagón de tercera—,
voy ligero de equipaje.
Si es de noche, porque no
acostumbro a dormir yo,
y de día, por mirar
los arbolitos pasar,
yo nunca duermo en el tren,
y, sin embargo, voy bien.
¡Este placer de alejarse!
Londres, Madrid, Ponferrada,
tan lindos... para marcharse.
Lo molesto es la llegada.
Luego, el tren, al caminar,
siempre nos hace soñar;
y casi, casi olvidamos
el jamelgo que montamos.
¡Oh, el pollino
que sabe bien el camino!
¿Dónde estamos?
¿Dónde todos nos bajamos?
¡Frente a mí va una monjita
tan bonita!
Tiene esa expresión serena
que a la pena
da una esperanza infinita.
Y yo pienso: Tú eres buena;
porque diste tus amores
a Jesús; porque no quieres
ser madre de pecadores.
Mas tú eres

maternal,
bendita entre las mujeres,
madrecita virginal.
Algo en tu rostro es divino
bajo tus cofias de lino.
Tus mejillas
—esas rosas amarillas—
fueron rosadas, y, luego,
ardió en tus entrañas fuego;
y hoy, esposa de la Cruz,
ya eres luz, y sólo luz...
¡Todas las mujeres bellas
fueran, como tú, doncellas
en un convento a encerrarse!...
Y la niña que yo quiero,
¡ay! ¡preferirá casarse
con un mocito barbero!
El tren camina y camina,
y la máquina resuella,
y tose con tos ferina.
¡Vamos en una centella!

CXI

NOCHE DE VERANO

Es una hermosa noche de verano.
Tienen las altas casas
abiertos los balcones
del viejo pueblo a la anchurosa plaza.
En el amplio rectángulo desierto,
bancos de piedra, evónimos y acacias
simétricos dibujan
sus negras sombras en la arena blanca.
En el cenit, la luna, y en la torre,

la esfera del reloj iluminada.
Yo en este viejo pueblo paseando
solo, como un fantasma.

CXIII

CAMPOS DE SORIA

I

Es la tierra de Soria árida y fría.
Por las colinas y las sierras calvas,
verdes pradillos, cerros cenicientos,
la primavera pasa
dejando entre las hierbas olorosas
sus diminutas margaritas blancas.

La tierra no revive, el campo sueña.
Al empezar abril está nevada
la espalda del Moncayo;
el caminante lleva en su bufanda
envueltos cuello y boca, y los pastores
pasan cubiertos con sus luengas capas.

II

Las tierras labrantías,
como retazos de estameñas pardas;
el huertecillo, el abejar, los trozos
de verde oscuro en que el merino pasta,
entre plomizos peñascales, siembran
el sueño alegre de infantil Arcadia.
En los chopos lejanos del camino,
parecen humear las yertas ramas
como un glauco vapor —las nuevas hojas—,
y en las quiebras de valles y barrancas

blanquean los zarzales florecidos
y brotan las violetas perfumadas.

III

Es el campo undulado, y los caminos
ya ocultan los viajeros que cabalgan
en pardos borriquillos,
ya al fondo de la tarde arrebolada
elevan las plebeyas figurillas
que el lienzo de oro del ocaso manchan.
Mas si trepáis a un cerro y veis el campo
desde los picos donde habita el águila,
son tornasoles de carmín y acero,
llanos plomizos, lomas plateadas,
circuidos por montes de violeta,
con las cumbres de nieve sonrosada.

IV

¡Las figuras del campo sobre el cielo!
Dos lentos bueyes aran
en un alcor, cuando el otoño empieza,
y entre las negras testas doblegadas
bajo el pesado yugo,
pende un cesto de juncos y retama,
que es la cuna de un niño;
y tras la yunta marcha
un hombre que se inclina hacia la tierra,
y una mujer que en las abiertas zanjas
arroja la semilla.
Bajo una nube de carmín y llama,
en el oro fluido y verdinoso
del poniente las sombras se agigantan.

V

La nieve. En el mesón al campo abierto,
se ve el hogar donde la leña humea
y la olla al hervir borbollonea.
El cierzo corre por el campo yerto,
alborotando en blancos torbellinos
la nieve silenciosa.
La nieve sobre el campo y los caminos,
cayendo está como sobre una fosa.
Un viejo acurrucado tiembla y tose
cerca del fuego; su mechón de lana
la vieja hila, y una niña cose
verde ribete a su estameña grana.
Padres los viejos son de un arriero
que caminó sobre la blanca tierra,
y una noche perdió ruta y sendero,
y se enterró en las nieves de la sierra.
En torno al fuego hay un lugar vacío
y en la frente del viejo, de hosco ceño,
como un tachón sombrío
—tal el golpe de un hacha sobre un leño—.
La vieja mira al campo, cual si oyera
pasos sobre la nieve. Nadie pasa.
Desierta la vecina carretera,
desierto el campo en torno de la casa.
La niña piensa que en los verdes prados
ha de correr con otras doncellitas
en los días azules y dorados,
cuando crecen las blancas margaritas.

VI

¡Soria fría, *Soria pura,*
cabeza de Extremadura,

con su castillo guerrero
arruinado, sobre el Duero;
con sus murallas roídas
y sus casas denegridas!

¡Muerta ciudad de señores
soldados o cazadores;
de portales con escudos
de cien linajes hidalgos,
y de famélicos galgos,
de galgos flacos y agudos,
que pululan
por las sórdidas callejas,
y a la medianoche ululan,
cuando graznan las cornejas!

¡Soria fría! La campana
de la Audiencia da la una.
Soria, ciudad castellana,
¡tan bella! bajo la luna.

VII

¡Colinas plateadas,
grises alcores, cárdenas roquedas
por donde traza el Duero
su curva de ballesta
en torno a Soria, oscuros encinares,
ariscos pedregales, calvas sierras,
caminos blancos y álamos del río,
tardes de Soria, mística y guerrera,
hoy siento por vosotros, en el fondo
del corazón, tristeza,
tristeza que es amor! ¡Campos de Soria
donde parece que las rocas sueñan,

conmigo vais! ¡Colinas plateadas,
grises alcores, cárdenas roquedas!...

VIII

He vuelto a ver los álamos dorados,
álamos del camino en la ribera
del Duero, entre San Polo y San Saturio,
tras las murallas viejas
de Soria —barbacana
hacia Aragón, en castellana tierra—.

Estos chopos del río, que acompañan
con el sonido de sus hojas secas
el son del agua cuando el viento sopla,
tienen en sus cortezas
grabadas iniciales que son nombres
de enamorados, cifras que son fechas.
¡Álamos del amor que ayer tuvisteis
de ruiseñores vuestras ramas llenas;
álamos que seréis mañana liras
del viento perfumado en primavera;
álamos del amor cerca del agua
que corre y pasa y sueña,
álamos de las márgenes del Duero,
conmigo vais, mi corazón os lleva!

IX

¡Oh, sí! Conmigo vais, campos de Soria,
tardes tranquilas, montes de violeta,
alamedas del río, verde sueño
del suelo gris y de la parda tierra,
agria melancolía
de la ciudad decrépita,

me habéis llegado al alma,
¿o acaso estabais en el fondo de ella?
¡Gentes del alto llano numantino
que a Dios guardáis como cristianas viejas,
que el sol de España os llene
de alegría, de luz y de riqueza!

CXIV

LA TIERRA DE ALVARGONZÁLEZ

Al poeta Juan Ramón Jiménez

I

Siendo mozo Alvargonzález,
dueño de mediana hacienda,
que en otras tierras se dice
bienestar y aquí opulencia,
en la feria de Berlanga
prendóse de una doncella,
y la tomó por mujer
al año de conocerla.
Muy ricas las bodas fueron,
y quien las vio las recuerda;
sonadas las tornabodas
que hizo Alvar en su aldea;
hubo gaitas, tamboriles,
flauta, bandurria y vihuela,
fuegos a la valenciana
y danza a la aragonesa.

II

Feliz vivió Alvargonzález
en el amor de su tierra.

Naciéronle tres varones,
que en el campo son riqueza,
y, ya crecidos, los puso,
uno a cultivar la huerta,
otro a cuidar los merinos,
y dio el menor a la iglesia.

III

Mucha sangre de Caín
tiene la gente labriega,
y en el hogar campesino
armó la envidia pelea.

Casáronse los mayores;
tuvo Alvargonzález nueras,
que le trajeron cizaña,
antes que nietos le dieran.

La codicia de los campos
ve tras la muerte la herencia;
no goza de lo que tiene
por ansia de lo que espera.

El menor, que a los latines
prefería las doncellas
hermosas y no gustaba
de vestir por la cabeza,
colgó la sotana un día
y partió a lejanas tierras.
La madre lloró, y el padre
dióle bendición y herencia.

IV

Alvargonzález ya tiene
la adusta frente arrugada,

por la barba le platea
la sombra azul de la cara.

Una mañana de otoño
salió solo de su casa;
no llevaba sus lebreles,
agudos canes de caza;

iba triste y pensativo
por la alameda dorada;
anduvo largo camino
y llegó a una fuente clara.

Echóse en la tierra; puso
sobre una piedra la manta,
y a la vera de la fuente
durmió al arrullo del agua.

EL SUEÑO

I

Y Alvargonzález veía,
como Jacob, una escala
que iba de la tierra al cielo,
y oyó una voz que le hablaba.
Mas las hadas hilanderas,
entre las vedijas blancas
y vellones de oro, han puesto
un mechón de negra lana.

II

Tres niños están jugando
a la puerta de su casa;
entre los mayores brinca
un cuervo de negras alas.

La mujer vigila, cose
y, a ratos, sonríe y canta.
—Hijos, ¿qué hacéis? —, les pregunta.
Ellos se miran y callan.
—Subid al monte, hijos míos,
y antes que la noche caiga,
con un brazado de estepas
hacedme una buena llama.

III

Sobre el lar de Alvargonzález
está la leña apilada;
el mayor quiere encenderla,
pero no brota la llama,
—Padre, la hoguera no prende,
está la estepa mojada.

Su hermano viene a ayudarle
y arroja astillas y ramas
sobre los troncos de roble;
pero el rescoldo se apaga.
Acude el menor, y enciende,
bajo la negra campana
de la cocina, una hoguera
que alumbra toda la casa.

IV

Alvargonzález levanta
en brazos al más pequeño
y en sus rodillas lo sienta:
—Tus manos hacen el fuego...;
aunque el último naciste
tú eres en mi amor primero.

Los dos mayores se alejan
por los rincones del sueño.
Entre los dos fugitivos
reluce un hacha de hierro.

AQUELLA TARDE...

I

Sobre los campos desnudos,
la luna llena manchada
de un arrebol purpurino,
enorme globo, asomaba.
Los hijos de Alvargonzález
silenciosos caminaban,
y han visto al padre dormido
junto de la fuente clara.

II

Tiene el padre entre las cejas
un ceño que le aborrasca
el rostro, un tachón sombrío
como la huella de un hacha.
Soñando está con sus hijos,
que sus hijos lo apuñalan,
y cuando despierta mira
que es cierto lo que soñaba.

III

A la vera de la fuente
quedó Alvargonzález muerto.
Tiene cuatro puñaladas
entre el costado y el pecho,
por donde la sangre brota,

más un hachazo en el cuello.
Cuenta la hazaña del campo
el agua clara corriendo,
mientras los dos asesinos
huyen hacia los hayedos.
Hasta la Laguna Negra,
bajo las fuentes del Duero,
llevan el muerto, dejando
detrás un rastro sangriento;
y en la laguna sin fondo,
que guarda bien los secretos,
con una piedra amarrada
a los pies, tumba le dieron.

IV

Se encontró junto a la fuente
la manta de Alvargonzález,
y camino del hayedo,
se vio un reguero de sangre.
Nadie de la aldea ha osado
a la laguna acercarse,
y el sondarla inútil fuera,
que es la laguna insondable.
Un buhonero, que cruzaba
aquellas tierras errante,
fue en Dauria acusado, preso
y muerto en garrote infame.

V

Pasados algunos meses,
la madre murió de pena.
Los que muerta la encontraron
dicen que las manos yertas

sobre su rostro tenía,
oculto el rostro con ellas.

VI

Los hijos de Alvargonzález
ya tienen majada y huerta,
campos de trigo y centeno
y prados de fina hierba;
en el olmo viejo, hendido
por el rayo, la colmena,
dos yuntas para el arado,
un mastín y mil ovejas.

OTROS DÍAS

I

Ya están las zarzas floridas
y los ciruelos blanquean;
ya las abejas doradas
liban para sus colmenas,
y en los nidos, que coronan
las torres de las iglesias,
asoman los garabatos
ganchudos de las cigüeñas.
Ya los olmos del camino
y chopos de las riberas
de los arroyos, que buscan
al padre Duero, verdean.
El cielo está azul, los montes
sin nieve son de violeta.
La tierra de Alvargonzález
se colmará de riqueza;
muerto está quien la ha labrado,
mas no le cubre la tierra.

II

La hermosa tierra de España
adusta, fina y guerrera
Castilla, de largos ríos,
tiene un puñado de sierras
entre Soria y Burgos como
reductos de fortaleza,
como yelmos crestonados,
y Urbión es una cimera.

III

Los hijos de Alvargonzález,
por una empinada senda,
para tomar el camino
de Salduero a Covaleda,
cabalgan en pardas mulas,
bajo el pinar de Vinuesa.
Van en busca de ganado
con que volver a su aldea,
y por tierra de pinares
larga jornada comienzan.
Van Duero arriba, dejando
atrás los arcos de piedra
del puente y el caserío
de la ociosa y opulenta
villa de indianos. El río,
al fondo del valle, suena,
y de las cabalgaduras
los cascos baten las piedras.
A la otra orilla del Duero
canta una voz lastimera:
«La tierra de Alvargonzález
se colmará de riqueza,

y el que la tierra ha labrado
no duerme bajo la tierra».

IV

Llegados son a un paraje
en donde el pinar se espesa,
y el mayor, que abre la marcha,
su parda mula espolea,
diciendo: —Démonos prisa;
porque son más de dos leguas
de pinar y hay que apurarlas
antes que la noche venga.

Dos hijos del campo, hechos
a quebradas y asperezas,
porque recuerdan un día
la tarde en el monte tiemblan.
Allá en lo espeso del bosque
otra vez la copla suena:
«La tierra de Alvargonzález
se colmará de riqueza,
y el que la tierra ha labrado
no duerme bajo la tierra».

V

Desde Salduero el camino
va al hilo de la ribera;
a ambas márgenes del río
el pinar crece y se eleva,
y las rocas se aborrascan,
al par que el valle se estrecha.
Los fuertes pinos del bosque,
con sus copas gigantescas
y sus desnudas raíces

amarradas a las piedras;
los de troncos plateados
cuyas frondas azulean,
pinos jóvenes; los viejos
cubiertos de blanca lepra,
musgos y líquenes canos
que el grueso tronco rodean,
colman el valle y se pierden
rebasando ambas laderas.
Juan, el mayor, dice: —Hermano,
si Blas Antonio apacienta
cerca de Urbión su vacada,
largo camino nos queda.
—Cuanto hacia Urbión alarguemos
se puede acortar de vuelta,
tomando por el atajo,
hacia la Laguna Negra,
y bajando por el puerto
de Santa Inés a Vinuesa.
—Mala tierra y peor camino.
Te juro que no quisiera
verlos otra vez. Cerremos
los tratos en Covaleda;
hagamos noche y, al alba,
volvámonos a la aldea
por este valle, que, a veces,
quien piensa atajar rodea.
Cerca del río cabalgan
los hermanos, y contemplan
cómo el bosque centenario,
al par que avanzan, aumenta,
y la roqueda del monte
el horizonte les cierra.
El agua que va saltando,
parece que canta o cuenta:

«La tierra de Alvargonzález
se colmará de riqueza,
y el que la tierra ha labrado
no duerme bajo la tierra».

CASTIGO

I

Aunque la codicia tiene
redil que encierre la oveja,
trojes que guarden el trigo,
bolsas para la moneda,
y garras, no tiene manos
que sepan labrar la tierra.

Así, a un año de abundancia
siguió un año de pobreza.

II

En los sembrados crecieron
las amapolas sangrientas;
pudrió el tizón las espigas
de trigales y de avenas;
hielos tardíos mataron
en flor la fruta en la huerta,
y una mala hechicería
hizo enfermar las ovejas.
A los dos Alvargonzález
maldijo Dios en sus tierras,
y al año pobre siguieron
largos años de miseria.

III

Es una noche de invierno.
Cae la nieve en remolinos.
Los Alvargonzález velan
un fuego casi extinguido.
El pensamiento amarrado
tienen a un recuerdo mismo,
y en las ascuas mortecinas
del hogar los ojos fijos.
No tienen leña ni sueño.
Larga es la noche y el frío
mucho. Un candilejo humea
en el muro ennegrecido.
El aire agita la llama,
que pone un fulgor rojizo
sobre entrambas pensativas
testas de los asesinos.
El mayor de Alvargonzález
rompe el silencio, exclamando:
—Hermano, ¡qué mal hicimos!
El viento la puerta bate,
hace temblar el postigo,
y suena en la chimenea
con hueco y largo bramido.
Después el silencio vuelve,
y a intervalos el pabilo
del candil chisporrotea
en el aire aterecido.
El segundón dijo: —¡Hermano,
demos lo viejo al olvido!

EL VIAJERO

I

Es una noche de invierno.
Azota el viento las ramas
de los álamos. La nieve
ha puesto la tierra blanca.
Bajo la nevada, un hombre
por el camino cabalga;
va cubierto hasta los ojos,
embozado en negra capa.
Entrado en la aldea, busca
de Alvargonzález la casa,
y ante su puerta llegado,
sin echar pie a tierra, llama.

II

Los dos hermanos oyeron
una aldabada a la puerta,
y de una cabalgadura
los cascos sobre las piedras.
Ambos los ojos alzaron
llenos de espanto y sorpresa.
—¿Quién es?, responda, gritaron.
—Miguel, respondieron fuera.
Era la voz del viajero
que partió a lejanas tierras.

III

Abierto el portón, entróse
a caballo el caballero
y echó pie a tierra. Venía
todo de nieve cubierto.

En brazos de sus hermanos
lloró algún rato en silencio.
Después dio el caballo al uno,
al otro capa y sombrero,
y en la estancia campesina
buscó el arrimo del fuego.

IV

El menor de los hermanos,
que niño y aventurero
fue más allá de los mares
y hoy torna indiano opulento,
vestía con negro traje
de peludo terciopelo,
ajustado a la cintura
por ancho cinto de cuero.
Gruesa cadena formaba
un bucle de oro en su pecho.
Era un hombre alto y robusto,
con ojos grandes y negros
llenos de melancolía;
la tez, de color moreno,
y sobre la frente comba
enmarañados cabellos;
el hijo que saca porte
señor de padre labriego,
a quien fortuna le debe
amor, poder y dinero.
De los tres Alvargonzález
era Miguel el más bello;
porque al mayor afeaba
el muy poblado entrecejo
bajo la frente mezquina;
y al segundo, los inquietos

ojos que mirar no saben
de frente, torvos y fieros.

V

Los tres hermanos contemplan
el triste hogar en silencio;
y con la noche cerrada
arrecia el frío y el viento.
—Hermanos, ¿no tenéis leña?,
dice Miguel.
　　　　　—No tenemos,
responde el mayor.
　　　　　　　Un hombre,
milagrosamente, ha abierto
la gruesa puerta cerrada
con doble barra de hierro.
El hombre que ha entrado tiene
el rostro del padre muerto.
Un halo de luz dorada
orla sus blancos cabellos.
Lleva un haz de leña al hombro
y empuña un hacha de hierro.

EL INDIANO

I

De aquellos campos malditos,
Miguel a sus dos hermanos
compró una parte, que mucho
caudal de América trajo,
y aun en tierra mala, el oro
luce mejor que enterrado,
y más en mano de pobres
que oculto en orza de barro.

ALMA CLÁSICOS ILUSTRADOS

978-84-17430-98-6

978-84-17430-45-0

978-84-17430-51-1

978-84-15618-86-7

978-84-17430-60-3

978-84-15618-78-2

978-84-17430-55-9

978-84-17430-64-1

978-84-17430-85-6

978-84-17430-96-2

978-84-17430-97-9

978-84-17430-57-3

www.editorialalma.com

ALMA CLÁSICOS ILUSTRADOS

reúne obras maestras de la literatura universal con
un diseño acorde con la personalidad de cada título.
La colección abarca libros de todos los géneros, épocas y lugares en
cuidadas ediciones, e incluye ilustraciones creadas por talentosos artistas.
Magníficas ediciones para ampliar su biblioteca y
disfrutar del placer de la lectura con todos los sentidos.

978-84-17430-47-4   978-84-15618-82-9   978-84-15618-69-0   978-84-15618-83-6

978-84-15618-68-3   978-84-15618-71-3   978-84-17430-42-9   978-84-17430-74-0

978-84-15618-89-8   978-84-17430-54-2   978-84-17430-32-0   978-84-17430-83-2

Síguenos en: @almaeditorial   Almaeditorial

Dióse a trabajar la tierra
con fe y tesón el indiano,
y a laborar los mayores
sus pegujales tornaron.

Ya con macizas espigas,
preñadas de rubios granos,
a los campos de Miguel
tornó el fecundo verano;
y ya de aldea en aldea
se cuenta como un milagro
que los asesinos tienen
la maldición en sus campos.

Ya el pueblo canta una copla
que narra el crimen pasado:
«A la orilla de la fuente
lo asesinaron.
¡Qué mala muerte le dieron
los hijos malos!
En la laguna sin fondo
al padre muerto arrojaron.
No duerme bajo la tierra
el que la tierra ha labrado».

II

Miguel, con sus dos lebreles
y armado de su escopeta,
hacia el azul de los montes,
en una tarde serena,
caminaba entre los verdes
chopos de la carretera,
y oyó una voz que cantaba:
«No tiene tumba en la tierra.
Entre los pinos del valle

del Revinuesa,
al padre muerto llevaron
hasta la Laguna Negra».

LA CASA

I

La casa de Alvargonzález
era una casona vieja,
con cuatro estrechas ventanas,
separada de la aldea
cien pasos y entre dos olmos
que, gigantes centinelas,
sombra le dan en verano,
y en el otoño hojas secas.

Es casa de labradores,
gente, aunque rica, plebeya,
donde el hogar humeante
con sus escaños de piedra
se ve sin entrar, si tiene
abierta al campo la puerta.
Al arrimo del rescoldo
del hogar borbollonean
dos pucherillos de barro,
que a dos familias sustentan.

A diestra mano, la cuadra
y el corral; a la siniestra,
huerto y abejar y, al fondo,
una gastada escalera,
que va a las habitaciones
partidas en dos viviendas.

Los Alvargonzález moran
con sus mujeres en ellas.

A ambas parejas, que hubieron,
sin que lograrse pudieran,
dos hijos, sobrado espacio
les da la casa paterna.

En una estancia que tiene
luz al huerto, hay una mesa
con gruesa tabla de roble,
dos sillones de vaqueta,
colgado en el muro un negro
ábaco de enormes cuentas,
y unas espuelas mohosas
sobre un arcón de madera.

Era una estancia olvidada
donde hoy Miguel se aposenta.
Y era allí donde los padres
veían en primavera
el huerto en flor, y en el cielo
de mayo, azul, la cigüeña
—cuando las rosas se abren
y los zarzales blanquean—
que enseñaba a sus hijuelos
a usar de las alas lentas.

Y en las noches del verano,
cuando la calor desvela,
desde la ventana al dulce
ruiseñor cantar oyeran.

Fue allí donde Alvargonzález,
del orgullo de su huerta
y del amor de los suyos,
sacó sueños de grandeza.

Cuando en brazos de la madre
vio la figura risueña
del primer hijo, bruñida

de rubio sol la cabeza
del niño que levantaba
las codiciosas, pequeñas
manos a las rojas guindas
y a las moradas ciruelas,
o aquella tarde de otoño
dorada, plácida y buena,
él pensó que ser podría
feliz el hombre en la tierra.

Hoy canta el pueblo una copla
que va de aldea en aldea:
«¡Oh casa de Alvargonzález,
qué malos días te esperan;
casa de los asesinos,
que nadie llame a tu puerta!».

II

Es una tarde de otoño.
En la alameda dorada
no quedan ya ruiseñores;
enmudeció la cigarra.

Las últimas golondrinas,
que no emprendieron la marcha,
morirán, y las cigüeñas
de sus nidos de retamas,
en torres y campanarios,
huyeron.
       Sobre la casa
de Alvargonzález, los olmos
sus hojas, que el viento arranca,
van dejando. Todavía
las tres redondas acacias,
en el atrio de la iglesia,

conservan verdes sus ramas,
y las castañas de Indias
a intervalos se desgajan
cubiertas de sus erizos;
tiene el rosal rosas grana
otra vez, y en las praderas
brilla la alegre otoñada.

En laderas y en alcores,
en ribazos y cañadas,
el verde nuevo y la hierba,
aún del estío quemada,
alternan; los serrijones
pelados, las lomas calvas,
se coronan de plomizas
nubes apelotonadas;
y bajo el pinar gigante,
entre las marchitas zarzas
y amarillentos helechos,
corren las crecidas aguas
a engrosar el padre río
por canchales y barrancas.

Abunda en la tierra un gris
de plomo y azul de plata,
con manchas de roja herrumbre,
todo envuelto en luz violada.

¡Oh tierras de Alvargonzález,
en el corazón de España,
tierras pobres, tierras tristes,
tan tristes que tienen alma!

Páramo que cruza el lobo
aullando a la luna clara
de bosque a bosque, baldíos
llenos de peñas rodadas,

donde roída de buitres
brilla una osamenta blanca;
pobres campos solitarios
sin caminos ni posadas,
¡oh pobres campos malditos,
pobres campos de mi patria!

LA TIERRA

I

Una mañana de otoño,
cuando la tierra se labra,
Juan y el indiano aparejan
las dos yuntas de la casa.
Martín se quedó en el huerto
arrancando hierbas malas.

II

Una mañana de otoño,
cuando los campos se aran,
sobre un otero, que tiene
el cielo de la mañana
por fondo, la parda yunta
de Juan lentamente avanza.

Cardos, lampazos y abrojos,
avena loca y cizaña
llenan la tierra maldita,
tenaz a pico y a escarda.

Del corvo arado de roble
la hundida reja trabaja
con vano esfuerzo; parece
que al par que hiende la entraña

del campo y hace camino,
se cierra otra vez la zanja.

«Cuando el asesino labre
será su labor pesada;
antes que un surco en la tierra,
tendrá una arruga en su cara.»

III

Martín, que estaba en la huerta
cavando, sobre su azada
quedó apoyado un momento;
frío sudor le bañaba
el rostro.
            Por el oriente,
la luna llena, manchada
de un arrebol purpurino,
lucía tras de la tapia
del huerto.
            Martín tenía
la sangre de horror helada.
La azada que hundió en la tierra
teñida de sangre estaba.

IV

En la tierra en que ha nacido
supo afincar el indiano;
por mujer a una doncella
rica y hermosa ha tomado.

La hacienda de Alvargonzález
ya es suya, que sus hermanos
todo le vendieron: casa,
huerto, colmenar y campo.

LOS ASESINOS

I

Juan y Martín, los mayores
de Alvargonzález, un día
pesada marcha emprendieron
con el alba, Duero arriba.

La estrella de la mañana
en el alto azul ardía.
Se iba tiñendo de rosa
la espesa y blanca neblina
de los valles y barrancos,
y algunas nubes plomizas
a Urbión, donde el Duero nace,
como un turbante ponían.

Se acercaban a la fuente.
El agua clara corría,
sonando cual si contara
una vieja historia dicha
mil veces y que tuviera
mil veces que repetirla.

Agua que corre en el campo
dice en su monotonía:
Yo sé el crimen, ¿no es un crimen,
cerca del agua, la vida?

Al pasar los dos hermanos
relataba el agua limpia:
«A la vera de la fuente
Alvargonzález dormía».

II

—Anoche, cuando volvía
a casa —Juan a su hermano
dijo—, a la luz de la luna
era la huerta un milagro.

Lejos, entre los rosales,
divisé un hombre inclinado
hacia la tierra; brillaba
una hoz de plata en su mano.

Después irguióse y, volviendo
el rostro, dio algunos pasos
por el huerto, sin mirarme,
y a poco lo vi encorvado
otra vez sobre la tierra.
Tenía el cabello blanco.
La luz llena brillaba,
y era la huerta un milagro.

III

Pasado habían el puerto
de Santa Inés, ya mediada
la tarde, una tarde triste
de noviembre, fría y parda.
Hacia la Laguna Negra
silenciosos caminaban.

IV

Cuando la tarde caía,
entre las vetustas hayas
y los pinos centenarios,
un rojo sol se filtraba.

Era un paraje de bosque
y peñas aborrascadas;
aquí bocas que bostezan
o monstruos de fieras garras;
allí una informe joroba,
allá una grotesca panza,
torvos hocicos de fieras
y dentaduras melladas,
rocas y rocas, y troncos
y troncos, ramas y ramas.
En el hondón del barranco,
la noche, el miedo y el agua.

V

Un lobo surgió, sus ojos
lucían como dos ascuas.
Era la noche, una noche
húmeda, oscura y cerrada.

Los dos hermanos quisieron
volver. La selva ululaba.
Cien ojos fieros ardían
en la selva, a sus espaldas.

VI

Llegaron los asesinos
hasta la Laguna Negra,
agua transparente y muda
que enorme muro de piedra,
donde los buitres anidan
y el eco duerme, rodea,
agua clara donde beben
las águilas de la sierra,
donde el jabalí del monte

y el ciervo y el corzo abrevan;
agua pura y silenciosa
que copia cosas eternas;
agua impasible que guarda
en su seno las estrellas.
¡Padre!, gritaron; al fondo
de la laguna serena
cayeron, y el eco, ¡padre!
repitió de peña en peña.

CXV

A UN OLMO SECO

Al olmo viejo, hendido por el rayo
y en su mitad podrido,
con las lluvias de abril y el sol de mayo
algunas hojas verdes le han salido.

¡El olmo centenario en la colina
que lame el Duero! Un musgo amarillento
le mancha la corteza blanquecina
al tronco carcomido y polvoriento.

No será, cual los álamos cantores
que guardan el camino y la ribera,
habitado de pardos ruiseñores.

Ejército de hormigas en hilera
va trepando por él, y en sus entrañas
urden sus telas grises las arañas.

Antes que te derribe, olmo del Duero,
con su hacha el leñador, y el carpintero
te convierta en melena de campana,
lanza de carro o yugo de carreta;
antes que rojo en el hogar, mañana,
ardas, de alguna mísera caseta,

al borde de un camino,
antes que te descuaje un torbellino
y tronche el soplo de las sierras blancas;
antes que el río hasta la mar te empuje
por valles y barrancas,
olmo, quiero anotar en mi cartera
la gracia de tu rama verdecida.
Mi corazón espera
también, hacia la luz y hacia la vida,
otro milagro de la primavera.

Soria, 1912

CXVI

RECUERDOS

¡Oh, Soria, cuando miro los frescos naranjales
cargados de perfume, y el campo enverdecido,
abiertos los jazmines, maduros los trigales,
azules las montañas y el olivar florido;
Guadalquivir corriendo al mar entre vergeles;
y al sol de abril los huertos colmados de azucenas,
y los enjambres de oro, para libar sus mieles
dispersos en los campos, huir de sus colmenas;
yo sé la encina roja crujiendo en tus hogares,
barriendo el cierzo helado tu campo empedernido;
y en sierras agrias sueño —¡Urbión, sobre pinares!
¡Moncayo blanco, al cielo aragonés erguido!—
Y pienso: Primavera, como un escalofrío
irá a cruzar el alto solar del romancero,
ya verdearán de chopos las márgenes del río.
¿Dará sus verdes hojas el olmo aquel del Duero?
Tendrán los campanarios de Soria sus cigüeñas,
y la roqueda parda más de un zarzal en flor;

ya los rebaños blancos, por entre grises peñas,
hacia los altos prados conducirá el pastor.

¡Oh, en el azul, vosotras, viajeras golondrinas
que vais al joven Duero, zagales y merinos,
con rumbo hacia las altas praderas numantinas,
por las cañadas hondas y al sol de los caminos;
hayedos y pinares que cruza el ágil ciervo,
montañas, serrijones, lomazos, parameras,
en donde reina el águila, por donde busca el cuervo
su infecto expoliario; menudas sementeras
cual sayos cenicientos, casetas y majadas
entre desnuda roca, arroyos y hontanares
donde a la tarde beben las yuntas fatigadas,
dispersos huertecillos, humildes abejares!...

¡Adiós, tierra de Soria; adiós el alto llano
cercado de colinas y crestas miliares,
alcores y roquedas del yermo castellano,
fantasmas de robledos y sombras de encinares!

En la desesperanza y en la melancolía
de tu recuerdo, Soria, mi corazón se abreva.
Tierra de alma, toda, hacia la tierra mía,
por los floridos valles, mi corazón te lleva.

En el tren, abril de 1913

CXIX

Señor, ya me arrancaste lo que yo más quería.
Oye otra vez, Dios mío, mi corazón clamar.
Tu voluntad se hizo, Señor, contra la mía.
Señor, ya estamos solos mi corazón y el mar.

CXX

Dice la esperanza: un día
la verás, si bien esperas.
Dice la desesperanza:
sólo tu amargura es ella.
Late, corazón... No todo
se lo ha tragado la tierra.

CXXI

Allá, en las tierras altas,
por donde traza el Duero
su curva de ballesta
en torno a Soria, entre plomizos cerros
y manchas de raídos encinares,
mi corazón está vagando, en sueños...

¿No ves, Leonor, los álamos del río
con sus ramajes yertos?
Mira el Moncayo azul y blanco; dame
tu mano y paseemos.
Por estos campos de la tierra mía,
bordados de olivares polvorientos,
voy caminando solo,
triste, cansado, pensativo y viejo.

CXXII

Soñé que tú me llevabas
por una blanca vereda,
en medio del campo verde,
hacia el azul de las sierras,
hacia los montes azules,
una mañana serena.

Sentí tu mano en la mía,
tu mano de compañera,
tu voz de niña en mi oído
como una campana nueva,
como una campana virgen
de un alba de primavera.
¡Eran tu voz y tu mano,
en sueños, tan verdaderas!...
Vive, esperanza, ¡quién sabe
lo que se traga la tierra!

CXXIII

Una noche de verano
—estaba abierto el balcón
y la puerta de mi casa—
la muerte en mi casa entró.
Se fue acercando a su lecho
—ni siquiera me miró—,
con unos dedos muy finos,
algo muy tenue rompió.
Silenciosa y sin mirarme,
la muerte otra vez pasó
delante de mí. ¿Qué has hecho?
La muerte no respondió.
Mi niña quedó tranquila,
dolido mi corazón.
¡Ay, lo que la muerte ha roto
era un hilo entre los dos!

CXXVI

A JOSÉ MARÍA PALACIO

Palacio, buen amigo,
¿está la primavera

vistiendo ya las ramas de los chopos
del río y los caminos? En la estepa
del alto Duero, primavera tarda,
¡pero es tan bella y dulce cuando llega!...
¿Tienen los viejos olmos
algunas hojas nuevas?
Aún las acacias estarán desnudas
y nevados los montes de las sierras.
¡Oh, mole del Moncayo blanca y rosa,
allá en el cielo de Aragón, tan bella!
¿Hay zarzas florecidas
entre las grises peñas,
y blancas margaritas
entre la fina hierba?
Por esos campanarios
ya habrán ido llegando las cigüeñas.
Habrá trigales verdes,
y mulas pardas en las sementeras,
y labriegos que siembran los tardíos
con las lluvias de abril. Ya las abejas
libarán del tomillo y el romero.
¿Hay ciruelos en flor? ¿Quedan violetas?
Furtivos cazadores, los reclamos
de la perdiz bajo las capas luengas,
no faltarán. Palacio, buen amigo,
¿tienen ya ruiseñores las riberas?
Con los primeros lirios
y las primeras rosas de las huertas,
en una tarde azul, sube al Espino,
al alto Espino donde está su tierra...

Baeza, 29 de marzo de 1913

142

CXXVII

OTRO VIAJE

Ya en los campos de Jaén,
amanece. Corre el tren
por sus brillantes rieles,
devorando matorrales,
alcaceles,
terraplenes, pedregales,
olivares, caseríos,
praderas y cardizales,
montes y valles sombríos.
Tras la turbia ventanilla
pasa la devanadera
del campo de primavera.
La luz en el techo brilla
de mi vagón de tercera.
Entre nubarrones blancos,
oro y grana.
La niebla de la mañana
huyendo por los barrancos.
¡Este insomne sueño mío!
¡Este frío
de un amanecer en vela!...
Resonante,
jadeante,
marcha el tren. El campo vuela.
Enfrente de mí, un señor
sobre su manta dormido;
un fraile y un cazador
—el perro a sus pies tendido—.
Yo contemplo mi equipaje,
mi viejo saco de cuero;
y recuerdo otro viaje
hacia las tierras del Duero.

Otro viaje de ayer
por la tierra castellana
—pinos del amanecer
entre Almazán y Quintana!
¡Y alegría
de un viajar en compañía!
¡Y la unión
que ha roto la muerte un día!
¡Mano fría
que aprietas mi corazón!
Tren, camina, silba, humea,
acarrea
tu ejército de vagones,
ajetrea
maletas y corazones.
Soledad,
sequedad.
Tan pobre me estoy quedando,
que ya ni siquiera estoy
conmigo, ni sé si voy
conmigo a solas viajando.

CXXVIII

POEMA DE UN DÍA
MEDITACIONES RURALES

Heme aquí ya, profesor
de lenguas vivas (ayer
maestro de gay-saber,
aprendiz de ruiseñor)
en un pueblo húmedo y frío,
destartalado y sombrío,
entre andaluz y manchego.
Invierno. Cerca del fuego.

Fuera llueve un agua fina,
que ora se trueca en neblina,
ora se torna aguanieve.
Fantástico labrador,
pienso en los campos. ¡Señor,
qué bien haces! Llueve, llueve
tu agua constante y menuda
sobre alcaceles y habares,
tu agua muda,
en viñedos y olivares.
Te bendecirán conmigo
los sembradores del trigo;
los que viven de coger
la aceituna;
los que esperan la fortuna
de comer;
los que hogaño
como antaño
tienen toda su moneda
en la rueda,
traidora rueda del año.
¡Llueve, llueve; tu neblina
que se torne en aguanieve,
y otra vez en agua fina!
¡Llueve, Señor, llueve, llueve!
En mi estancia, iluminada
por esta luz invernal,
—la tarde gris tamizada
por la lluvia y el cristal—,
sueño y medito.

        Clarea
el reloj arrinconado,
y su tic-tic, olvidado
por repetido, golpea.
Tic-tic, tic-tic... Ya te he oído.

Tic-tic, tic-tic... Siempre igual,
monótono y aburrido.
Tic-tic, tic-tic, el latido
de un corazón de metal.
En estos pueblos, ¿se escucha
el latir del tiempo? No.
En estos pueblos se lucha
sin tregua con el reló,
con esa monotonía
que mide un tiempo vacío.
Pero ¿tu hora es la mía?
¿Tu tiempo, reloj, el mío?
(Tic-tic, tic-tic)... Era un día
(tic-tic, tic-tic) que pasó,
y lo que yo más quería
la muerte se lo llevó.

Lejos suena un clamoreo
de campanas...
Arrecia el repiqueteo
de la lluvia en las ventanas.
Fantástico labrador,
vuelvo a mis campos. ¡Señor,
cuánto te bendecirán
los sembradores del pan!
Señor, ¿no es tu lluvia ley,
en los campos que ara el buey,
y en los palacios del rey?
¡Oh, agua buena, deja vida
en tu huida!
¡Oh, tú que vas gota a gota,
fuente a fuente y río a río,
como este tiempo de hastío
corriendo a la mar remota,
con cuanto quiere nacer,
cuanto espera

florecer
al sol de la primavera,
sé piadosa,
que mañana
serás espiga temprana,
prado verde, carne rosa,
y más: razón y locura
y amargura
de querer y no poder
creer, creer y creer!

Anochece;
el hilo de la bombilla
se enrojece,
luego brilla,
resplandece,
poco más que una cerilla.
Dios sabe dónde andarán
mis gafas... entre librotes,
revistas y papelotes,
¿quién las encuentra?... Aquí están.
Libros nuevos. Abro uno
de Unamuno.
¡Oh, el dilecto,
predilecto
de esta España que se agita,
porque nace o resucita!
Siempre te ha sido, ¡oh Rector
de Salamanca!, leal
este humilde profesor
de un instituto rural.
Esa tu filosofía
que llamas diletantesca,
voltaria y funambulesca,
gran don Miguel, es la mía.
Agua del buen manantial,

siempre viva,
fugitiva;
poesía, cosa cordial.
¿Constructora?
—No hay cimiento
ni en el alma ni en el viento—.
Bogadora,
marinera,
hacia la mar sin ribera.
Enrique Bergson: *Los datos*
inmediatos
de la conciencia. ¿Esto es
otro embeleco francés?
Este Bergson es un tuno;
¿verdad, maestro Unamuno?
Bergson no da como aquel
Immanuel
el volatín inmortal;
este endiablado judío
ha hallado el libre albedrío
dentro de su mechinal.
No está mal;
cada sabio, su problema,
y cada loco, su tema.
Mucho importa
que en la vida mala y corta
que llevamos
libres o siervos seamos:
mas, si vamos
a la mar,
lo mismo nos ha de dar.
¡Oh, estos pueblos! Reflexiones,
lecturas y acotaciones
pronto dan en lo que son:
bostezos de Salomón.

¿Todo es
soledad de soledades,
vanidad de vanidades,
que dijo el Eclesiastés?
Mi paraguas, mi sombrero,
mi gabán... El aguacero
amaina... Vámonos, pues.

Es de noche. Se platica
al fondo de una botica.
—Yo no sé,
don José,
cómo son los liberales
tan perros, tan inmorales.

—¡Oh, tranquilícese usté!
Pasados los carnavales,
vendrán los conservadores,
buenos administradores
de su casa.
Todo llega y todo pasa.
Nada eterno:
ni gobierno
que perdure,
ni mal que cien años dure.
—Tras estos tiempos vendrán
otros tiempos y otros y otros,
y lo mismo que nosotros
otros se jorobarán.
Así es la vida, don Juan.
—Es verdad, así es la vida.
—La cebada está crecida.
—Con estas lluvias...

                Y van
las habas que es un primor.
—Cierto; para marzo, en flor.

Pero la escarcha, los hielos...
—Y, además, los olivares
están pidiendo a los cielos
agua a torrentes.

     —A mares.
¡Las fatigas, los sudores
que pasan los labradores!
En otro tiempo...

     —Llovía
también cuando Dios quería.
—Hasta mañana, señores.
Tic-tic, tic-tic... Ya pasó
un día como otro día,
dice la monotonía
del reló.

Sobre mi mesa *Los datos*
de la conciencia, inmediatos.
No está mal
este yo fundamental,
contingente y libre, a ratos,
creativo, original;
este yo que vive y siente
dentro la carne mortal
¡ay!, por saltar impaciente
las bardas de su corral.

       Baeza, 1913

CXXIX

NOVIEMBRE 1913

Un año más. El sembrador va echando
la semilla en los surcos de la tierra.
Dos lentas yuntas aran,

mientras pasan las nubes cenicientas
ensombreciendo el campo,
las pardas sementeras,
los grises olivares. Por el fondo
del valle del río el agua turbia lleva.
Tiene Cazorla nieve,
y Mágina, tormenta;
su montera, Aznaitín. Hacia Granada,
montes con sol, montes de sol y piedra.

CXXX

LA SAETA

> ¿Quién me presta una escalera,
> para subir al madero,
> para quitarle los clavos
> a Jesús el Nazareno?
>
> SAETA POPULAR

¡Oh, la saeta, el cantar
al Cristo de los gitanos,
siempre con sangre en las manos,
siempre por desenclavar!
¡Cantar del pueblo andaluz
que todas las primaveras
anda pidiendo escaleras
para subir a la cruz!
¡Cantar de la tierra mía,
que echa flores
al Jesús de la agonía,
y es la fe de mis mayores!
¡Oh, no eres tú mi cantar!
¡No puedo cantar, ni quiero
a ese Jesús del madero,
sino al que anduvo en la mar!

CXXXI

DEL PASADO EFÍMERO

Este hombre del casino provinciano
que vio a Carancha recibir un día,
tiene mustia la tez, el pelo cano,
ojos velados de melancolía;
bajo el bigote gris, labios de hastío,
y una triste expresión, que no es tristeza,
sino algo más o menos: el vacío
del mundo en la oquedad de su cabeza.
Aún luce de corinto terciopelo
chaqueta y pantalón abotinado,
y un cordobés color de caramelo,
pulido y torneado.
Tres veces heredó; tres ha perdido
al monte su caudal; dos ha enviudado.
Sólo se anima ante el azar prohibido,
sobre el verde tapete reclinado,
o al evocar la tarde de un torero,
la suerte de un tahúr, o si alguien cuenta
la hazaña de un gallardo bandolero,
o la proeza de un matón, sangrienta.
Bosteza de política banales
dicterios al gobierno reaccionario,
y augura que vendrán los liberales,
cual torna la cigüeña al campanario.
Un poco labrador, del cielo aguarda
y al cielo teme; alguna vez suspira,
pensando en su olivar, y al cielo mira
con ojo inquieto, si la lluvia tarda.
Lo demás, taciturno, hipocondriaco,
prisionero en la Arcadia del presente,
le aburre; sólo el humo del tabaco
simula algunas sombras en su frente.

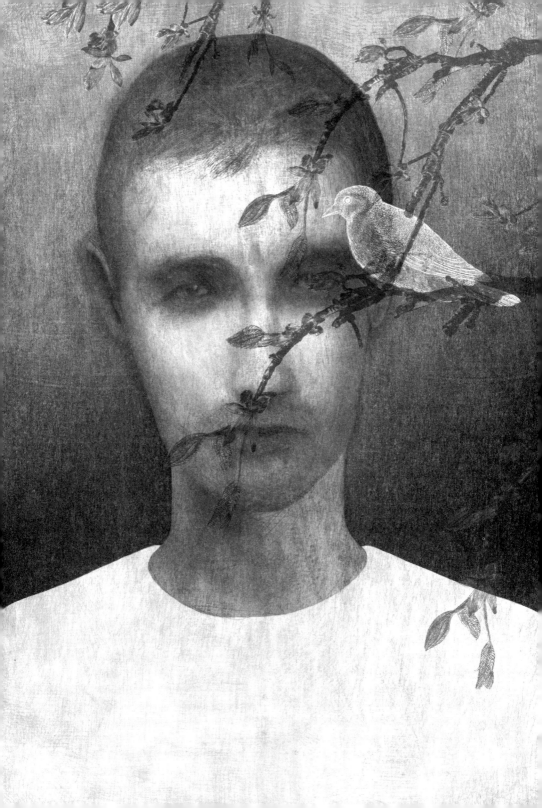

Este hombre no es de ayer ni es de mañana,
sino de nunca; de la cepa hispana
no es el fruto maduro ni podrido,
es una fruta vana
de aquella España que pasó y no ha sido,
ésa que hoy tiene la cabeza cana.

CXXXII

LOS OLIVOS

A Manuel Ayuso

I

¡Viejos olivos sedientos
bajo el claro sol del día,
olivares polvorientos
del tiempo de Andalucía!
¡El campo andaluz, peinado
por el sol canicular,
de loma en loma rayado
de olivar y de olivar!
¡Son las tierras
soleadas,
anchas lomas, lueñes sierras
de olivares recamadas!
Mil senderos. Con sus machos,
abrumados de capachos,
van gañanes y arrieros.
¡De la venta del camino
a la puerta, soplan vino
trabucaires bandoleros!
¡Olivares y olivares
de loma en loma prendidos
cual bordados alamares!

¡Olivares coloridos
de una tarde anaranjada;
olivares rebruñidos
bajo la luna argentada!
¡Olivares centellados
en las tardes cenicientas,
bajo los cielos preñados
de tormentas!...
Olivares, Dios os dé
los eneros
de aguaceros,
los agostos de agua al pie,
los vientos primaverales
vuestras flores racimadas;
y las lluvias otoñales,
vuestras olivas moradas.
Olivar, por cien caminos,
tus olivitas irán
caminando a cien molinos.
Ya darán
trabajo en las alquerías
a gañanes y braceros,
¡oh buenas frentes sombrías
bajo los anchos sombreros!...
¡Olivar y olivareros,
bosque y raza,
campo y plaza
de los fieles al terruño
y al arado y al molino,
de los que muestran el puño
al destino,
los benditos labradores,
los bandidos caballeros,
los señores
devotos y matuteros!...

¡Ciudades y caseríos
en la margen de los ríos,
en los pliegues de la sierra!...
¡Venga Dios a los hogares
y a las almas de esta tierra
de olivares y olivares!

II

A dos leguas de Úbeda, la Torre
de Pero Gil, bajo este sol de fuego,
triste burgo de España. El coche rueda
entre grises olivos polvorientos.
Allá, el castillo heroico.
En la plaza, mendigos y chicuelos:
una orgía de harapos...
Pasamos frente al atrio del convento
de la Misericordia.
¡Los blancos muros, los cipreses negros!
¡Agria melancolía
como asperón de hierro
que raspa el corazón! ¡Amurallada
piedad, erguida en este basurero!...
Esta casa de Dios, decid, hermanos,
esta casa de Dios, ¿qué guarda dentro?
Y ese pálido joven,
asombrado y atento,
que parece mirarnos con la boca,
será el loco del pueblo,
de quien se dice: es Lucas,
Blas o Ginés, el tonto que tenemos.
Seguimos. Olivares. Los olivos
están en flor. El carricoche lento,
al paso de dos pencos matalones,
camina hacia Peal. Campos ubérrimos.

La tierra da lo suyo; el sol trabaja;
el hombre es para el suelo:
genera, siembra y labra
y su fatiga unce la tierra al cielo.
Nosotros enturbiamos
la fuente de la vida, el sol primero,
con nuestros ojos tristes,
con nuestro amargo rezo,
con nuestra mano ociosa,
con nuestro pensamiento,
—se engendra en el pecado,
se vive en el dolor. ¡Dios está lejos!—.
Esta piedad erguida
sobre este burgo sórdido, sobre este basurero,
esta casa de Dios, decid, ¡oh santos
cañones de von Kluck!, ¿qué guarda dentro?

CXXXIV

LA MUJER MANCHEGA

La Mancha y sus mujeres... Argamasilla, Infantes
Esquivias, Valdepeñas. La novia de Cervantes,
y del manchego heroico, el ama y la sobrina,
(el patio, la alacena, la cueva y la cocina,
la rueca y la costura, la cuna y la pitanza),
la esposa de don Diego y la mujer de Panza,
la hija del ventero, y tantas como están
bajo la tierra, y tantas que son y que serán

encanto de manchegos y madres de españoles
por tierras de lagares, molinos y arreboles.

Es la mujer manchega garrida y bien plantada,
muy sobre sí doncella, perfecta de casada.

El sol de la caliente llanura vinariega
quemó su piel, mas guarda frescura de bodega
su corazón. Devota, sabe rezar con fe
para que Dios nos libre de cuanto no se ve.
Su obra es la casa —menos celada que en Sevilla,
más gineceo y menos castillo que en Castilla—.
Y es del hogar manchego la musa ordenadora;
alinea los vasares, los lienzos alcanfora;
las cuentas de la plaza anota en su diario,
cuenta garbanzos, cuenta las cuentas del rosario.

¿Hay más? Por estos campos hubo un amor de fuego,
dos ojos abrasaron un corazón manchego.

¿No tuvo en esta Mancha su cuna Dulcinea?
¿No es el Toboso patria de la mujer idea
del corazón, engendro e imán de corazones,
a quien varón no impregna y aun parirá varones?

Por esta Mancha —prados, viñedos y molinos—
que so el igual del cielo iguala sus caminos,
de cepas arrugadas en el tostado suelo
y mustios pastos como raído terciopelo:
por este seco llano de sol y lejanía,
en donde el ojo alcanza su pleno mediodía
(un diminuto bando de pájaros puntea
el índigo del cielo sobre la blanca aldea,
y allá se yergue un soto de verdes alamillos,
tras leguas y más leguas de campos amarillos),
por esta tierra, lejos del mar y la montaña,
el ancho reverbero del claro sol de España,
anduvo un pobre hidalgo ciego de amor un día
—amor nublóle el juicio: su corazón veía?—.

Y tú, la cerca y lejos, por el inmenso llano
eterna compañera y estrella de Quijano,
lozana labradora fincada en tus terrones

—oh madre de manchegos y numen de visiones—,
viviste, buena Aldonza, tu vida verdadera
cuando tu amante erguía su lanza justiciera,
y en tu casona blanca ahechando el rubio trigo.
Aquel amor de fuego era por ti y contigo.

Mujeres de la Mancha con el sagrado mote
de Dulcinea, os salve la gloria de Quijote.

CXXXV

EL MAÑANA EFÍMERO

A Roberto Castrovido

La España de charanga y pandereta,
cerrado y sacristía,
devota de Frascuelo y de María,
de espíritu burlón y de alma quieta,
ha de tener su mármol y su día,
su infalible mañana y su poeta.
El vano ayer engendrará un mañana
vacío y ¡por ventura! pasajero.
Será un joven lechuzo y tarambana,
un sayón con hechuras de bolero:
a la moda de Francia realista;
un poco al uso de París pagano,
y al estilo de España especialista
en el vicio al alcance de la mano.
Esa España inferior que ora y bosteza,
vieja y tahúr, zaragatera y triste;
esa España inferior que ora y embiste
cuando se digna usar de la cabeza,
aún tendrá luengo parto de varones
amantes de sagradas tradiciones
y de sagradas formas y maneras;

florecerán las barbas apostólicas,
y otras calvas en otras calaveras
brillarán, venerables y católicas.
El vano ayer engendrará un mañana
vacío y ¡por ventura! pasajero,
la sombra de un lechuzo tarambana,
de un sayón con hechuras de bolero!
el vacuo ayer dará un mañana huero.
Como la náusea de un borracho ahíto
de vino malo, un rojo sol corona
de heces turbias las cumbres de granito,
hay un mañana estomagante escrito
en la tarde pragmática y dulzona.
Mas otra España nace,
la España del cincel y de la maza,
con esa eterna juventud que se hace
del pasado macizo de la raza.
Una España implacable y redentora,
España que alborea
con un hacha en la mano vengadora,
España de la rabia y de la idea.

CXXXVI

PROVERBIOS Y CANTARES

I

Nunca perseguí la gloria
ni dejar en la memoria
de los hombres mi canción;
yo amo los mundos sutiles,
ingrávidos y gentiles
como pompas de jabón.
Me gusta verlos pintarse

de sol y grana, volar
bajo el cielo azul, temblar
súbitamente y quebrarse.

II

¿Para qué llamar caminos
a los surcos del azar?...
Todo el que camina anda,
como Jesús, sobre el mar.

III

A quien nos justifica nuestra desconfianza
llamamos enemigo, ladrón de una esperanza.
Jamás perdona el necio si ve la nuez vacía
que dio a cascar al diente de la sabiduría.

IV

Nuestras horas son minutos
cuando esperamos saber,
y siglos cuando sabemos
lo que se puede aprender.

V

Ni vale nada el fruto
cogido sin sazón...
Ni aunque te elogie un bruto
ha de tener razón.

VI

De lo que llaman los hombres
virtud, justicia y bondad,
una mitad es envidia,
y la otra no es caridad.

VII

Yo he visto garras fieras en las pulidas manos;
conozco grajos mélicos y líricos marranos...
El más truhan se lleva la mano al corazón,
y el bruto más espeso se carga de razón.

VIII

En preguntar lo que sabes
el tiempo no has de perder...
Y a preguntas sin respuesta,
¿quién te podrá responder?

IX

El hombre, a quien el hambre de la rapiña acucia,
de ingénita malicia y natural astucia,
formó la inteligencia y acaparó la tierra.
¡Y aún la verdad proclama! ¡Supremo ardid de guerra!

X

La envidia de la virtud
hizo a Caín criminal.
¡Gloria a Caín! Hoy el vicio
es lo que se envidia más.

XI

La mano del piadoso nos quita siempre honor;
mas nunca ofende al darnos su mano el lidiador.
Virtud es fortaleza, ser bueno es ser valiente;
escudo, espada y maza llevar bajo la frente;
porque el valor honrado de todas armas viste:
no sólo para, hiere, y más que aguarda, embiste.
Que la piqueta arruine y el látigo flagele;
la fragua ablande el hierro, la lima pula y gaste,
y que el buril burile, y que el cincel cincele,
la espada punce y hienda y el gran martillo aplaste.

XII

¡Ojos que a la luz se abrieron
un día para, después,
ciegos tornar a la tierra,
hartos de mirar sin ver!

XIII

Es el mejor de los buenos
quien sabe que en esta vida
todo es cuestión de medida:
un poco más, algo menos...

XIV

Virtud es la alegría que alivia el corazón
más grave y desarruga el ceño de Catón.
El bueno es el que guarda, cual venta del camino,
para el sediento, el agua, para el borracho, el vino.

XV

Cantad conmigo a coro: Saber, nada sabemos,
de arcano mar venimos, a ignota mar iremos...
Y entre los dos misterios está el enigma grave;
tres arcas cierra una desconocida llave.
La luz nada ilumina y el sabio nada enseña.
¿Qué dice la palabra? ¿Qué el agua de la peña?

XVI

El hombre es por natura la bestia paradójica,
un animal absurdo que necesita lógica.
Creó de nada un mundo y, su obra terminada,
«Ya estoy en el secreto —se dijo—, todo es nada».

XVII

El hombre sólo es rico en hipocresía.
En sus diez mil disfraces para engañar confía;
y con la doble llave que guarda su mansión
para la ajena hace ganzúa de ladrón.

XVIII

¡Ah, cuando yo era niño
soñaba con los héroes de la Ilíada!
Áyax era más fuerte que Diomedes;
Héctor, más fuerte que Áyax,
y Aquiles el más fuerte; porque era
el más fuerte... ¡Inocencias de la infancia!
¡Ah, cuando yo era niño
soñaba con los héroes de la Ilíada!

XIX

El casca-nueces-vacías,
Colón de cien vanidades,
vive de supercherías
que vende como verdades.

XX

¡Teresa, alma de fuego,
Juan de la Cruz, espíritu de llama,
por aquí hay mucho frío, padres, nuestros
corazoncitos de Jesús se apagan!

XXI

Ayer soñé que veía
a Dios y que a Dios hablaba;
y soñé que Dios me oía...
Después soñé que soñaba.

XII

Cosas de hombres y mujeres,
los amoríos de ayer,
casi los tengo olvidados,
si fueron alguna vez.

XIII

No extrañéis, dulces amigos,
que esté mi frente arrugada.
Yo vivo en paz con los hombres
y en guerra con mis entrañas.

XIV

De diez cabezas, nueve
embisten y una piensa.
Nunca extrañéis que un bruto
se descuerne luchando por la idea.

XXV

Las abejas de las flores
sacan miel, y melodía
del amor, los ruiseñores;
Dante y yo —perdón, señores—,
trocamos —perdón, Lucía—,
el amor en Teología.

XXVI

Poned sobre los campos
un carbonero, un sabio y un poeta.
Veréis cómo el poeta admira y calla,
el sabio mira y piensa...
Seguramente, el carbonero busca
las moras o las setas.
Llevadlos al teatro
y sólo el carbonero no bosteza.
Quien prefiere lo vivo a lo pintado
es el hombre que piensa, canta o sueña.
El carbonero tiene
llena de fantasías la cabeza.

XXVII

¿Dónde está la utilidad
de nuestras utilidades?

Volvamos a la verdad:
vanidad de vanidades.

XXVIII

Todo hombre tiene dos
batallas que pelear.
En sueños lucha con Dios;
y despierto, con el mar.

XXIX

Caminante, son tus huellas
el camino, y nada más;
caminante, no hay camino,
se hace camino al andar.
Al andar se hace camino,
y al volver la vista atrás
se ve la senda que nunca
se ha de volver a pisar.
Caminante, no hay camino,
sino estelas en la mar.

XXX

El que espera desespera,
dice la voz popular.
¡Qué verdad tan verdadera!

La verdad es lo que es,
y sigue siendo verdad
aunque se piense al revés.

XXXI

Corazón, ayer sonoro,
¿ya no suena
tu monedilla de oro?
Tu alcancía,
antes que el tiempo la rompa,
¿se irá quedando vacía?
Confiemos
en que no será verdad
nada de lo que sabemos.

XXXII

¡Oh fe del meditabundo!
¡Oh fe después del pensar!
Sólo si viene un corazón al mundo
rebosa el vaso humano y se hincha el mar.

XXXIII

Soñé a Dios como una fragua
de fuego, que ablanda el hierro,
como un forjador de espadas,
como un bruñidor de aceros,
que iba firmando en las hojas
de luz: Libertad. —Imperio.

XXXIV

Yo amo a Jesús, que nos dijo:
Cielo y Tierra pasarán.
Cuando Cielo y Tierra pasen
mi palabra quedará.
¿Cuál fue, Jesús, tu palabra?

¿Amor? ¿Perdón? ¿Caridad?
Todas tus palabras fueron
una palabra: Velad.
Como no sabéis la hora
en que os han de despertar,
os despertarán dormidos,
si no veláis: despertad.

XXXV

Hay dos modos de conciencia:
una es luz, y otra paciencia.
Una estriba en alumbrar
un poquito el hondo mar;
otra, en hacer penitencia
con caña o red, y esperar
el pez, como pescador.
Dime tú: ¿Cuál es mejor?
¿Conciencia de visionario
que mira en el hondo acuario
peces vivos,
fugitivos,
que no se pueden pescar,
o esa maldita faena
de ir arrojando a la arena,
muertos, los peces del mar?

XXXVI

Fe empirista. Ni somos ni seremos.
Todo nuestro vivir es emprestado.
Nada trajimos; nada llevaremos.

XXXVII

¿Dices que nada se crea?
No te importe, con el barro
de la tierra, haz una copa
para que beba tu hermano.

XXXVIII

¿Dices que nada se crea?
Alfarero, a tus cacharros.
Haz tu copa y no te importe
si no puedes hacer barro.

XXXIX

Dicen que el ave divina,
trocada en pobre gallina,
por obra de las tijeras
de aquel sabio profesor
—fue Kant un esquilador
de las aves altaneras;
toda su filosofía,
un *sport* de cetrería—,
dicen que quiere saltar
las tapias del corralón,
y volar,
otra vez, hacia Platón.
¡Hurra! ¡Sea!
¡Feliz será quien lo vea!

XL

Sí, cada uno y todos sobre la tierra iguales:
el ómnibus que arrastran dos pencos matalones,

por el camino, a tumbos, hacia las estaciones;
el ómnibus completo de viajeros banales,
y en medio un hombre mudo, hipocondriaco, austero,
a quien se cuentan cosas y a quien se ofrece vino...
Y allá, cuando se llegue, ¿descenderá un viajero
no más? ¿O habránse todos quedado en el camino?

XLI

Bueno es saber que los vasos
nos sirven para beber;
lo malo es que no sabemos
para qué sirve la sed.

XLII

¿Dices que nada se pierde?
Si esta copa de cristal
se me rompe, nunca en ella
beberé, nunca jamás.

XLIII

Dices que nada se pierde,
y acaso dices verdad;
pero todo lo perdemos
y todo nos perderá.

XLIV

Todo pasa y todo queda,
pero lo nuestro es pasar,
pasar haciendo caminos,
caminos sobre la mar.

XLV

Morir... ¿Caer como gota
de mar en el mar inmenso?
¿O ser lo que nunca he sido:
uno, sin sombra y sin sueño,

un solitario que avanza
sin camino y sin espejo?

XLVI

Anoche soñé que oía
a Dios, gritándome: ¡Alerta!
Luego era Dios quien dormía,
y yo gritaba: ¡Despierta!

XLVII

Cuatro cosas tiene el hombre
que no sirven en la mar:
ancla, gobernalle y remos,
y miedo de naufragar.

XLVIII

Mirando mi calavera
un nuevo Hamlet dirá:
He aquí un lindo fósil de una
careta de carnaval.

XLIX

Ya noto, al paso que me torno viejo,
que en el inmenso espejo,

donde orgulloso me miraba un día,
era el azogue lo que yo ponía.
Al espejo del fondo de mi casa
una mano fatal
va rayendo el azogue, y todo pasa
por él como la luz por el cristal.

L

—Nuestro español bosteza.
¿Es hambre? ¿Sueño? ¿Hastío?
Doctor, ¿tendrá el estómago vacío?
—El vacío es más bien en la cabeza.

LI

Luz del alma, luz divina,
faro, antorcha, estrella, sol...
Un hombre a tientas camina;
lleva a la espalda un farol.

LII

Discutiendo están dos mozos
si a la fiesta del lugar
irán por la carretera
o campo atraviesa irán.
Discutiendo y disputando
empiezan a pelear.
Ya con las trancas de pino
furiosos golpes se dan;
ya se tiran de las barbas,
que se las quieren pelar.
Ha pasado un carretero,
que va cantando un cantar:

«Romero, para ir a Roma,
lo que importa es caminar;
a Roma por todas partes,
por todas partes se va».

LIII

Ya hay un español que quiere
vivir y a vivir empieza,
entre una España que muere
y otra España que bosteza.
Españolito que vienes
al mundo, te guarde Dios.
Una de las dos Españas
ha de helarte el corazón.

1909

CXXXVII
PARÁBOLAS

I

Era un niño que soñaba
un caballo de cartón.
Abrió los ojos el niño
y el caballito no vio.
Con un caballito blanco
el niño volvió a soñar;
y por la crin lo cogía...
¡Ahora no te escaparás!
Apenas lo hubo cogido,
el niño se despertó.
Tenía el puño cerrado.
¡El caballito voló!

Quedóse el niño muy serio
pensando que no es verdad
un caballito soñado.
Y ya no volvió a soñar.
Pero el niño se hizo mozo
y el mozo tuvo un amor,
y a su amada le decía:
¿Tú eres de verdad o no?
Cuando el mozo se hizo viejo
pensaba: todo es soñar,
el caballito soñado
y el caballo de verdad.
Y cuando vino la muerte,
el viejo a su corazón
preguntaba: ¿Tú eres sueño?
¡Quién sabe si despertó!

II

A don Vicente Ciurana

Sobre la limpia arena, en el tartesio llano
por donde acaba España y sigue el mar,
hay dos hombres que apoyan la cabeza en la mano;
uno duerme, y el otro parece meditar.
El uno, en la mañana de tibia primavera,
junto a la mar tranquila,
ha puesto entre sus ojos y el mar que reverbera,
los párpados, que borran el mar en la pupila.
Y se ha dormido, y sueña con el pastor Proteo,
que sabe los rebaños del marino guardar
y sueña que le llaman las hijas de Nereo,
y ha oído a los caballos de Poseidón hablar.
El otro mira al agua. Su pensamiento flota;
hijo del mar, navega —o se pone a volar—.
Su pensamiento tiene un vuelo de gaviota,

que ha visto un pez de plata en el agua saltar.
Y piensa: «Es esta vida una ilusión marina
de un pescador que un día ya no puede pescar».
El soñador ha visto que el mar se le ilumina,
y sueña que es la muerte una ilusión del mar.

III

Érase de un marinero
que hizo un jardín junto al mar,
y se metió a jardinero.
Estaba el jardín en flor,
y el jardinero se fue
por esos mares de Dios.

IV

CONSEJOS

Sabe esperar, aguarda que la marea fluya,
—así en la costa un barco— sin que el partir te inquiete.
Todo el que aguarda sabe que la victoria es suya;
porque la vida es larga y el arte es un juguete.
Y si la vida es corta
y no llega la mar a tu galera,
aguarda sin partir y siempre espera,
que el arte es largo y, además, no importa.

V

PROFESIÓN DE FE

Dios no es el mar, está en el mar; riela
como luna en el agua, o aparece
como una blanca vela;
en el mar se despierta o se adormece.
Creó la mar, y nace

de la mar cual la nube y la tormenta;
es el Creador y la criatura lo hace;
su aliento es alma, y por el alma alienta.
Yo he de hacerte, mi Dios, cual tú me hiciste,
y para darte el alma que me diste
en mí te he de crear. Que el puro río
de caridad que fluye eternamente,
fluya en mi corazón. ¡Seca, Dios mío,
de una fe sin amor la turbia fuente!

VI

El Dios que todos llevamos,
el Dios que todos hacemos,
el Dios que todos buscamos
y que nunca encontraremos.
Tres dioses o tres personas
del solo Dios verdadero.

VII

Dice la razón: Busquemos
la verdad.
Y el corazón: Vanidad.
La verdad ya la tenemos.
La razón: ¡Ay, quién alcanza
la verdad!
El corazón: Vanidad.
La verdad es la esperanza.
Dice la razón: Tú mientes.
Y contesta el corazón:
Quien miente eres tú, razón,
que dices lo que no sientes.
La razón: Jamás podremos

entendernos, corazón.
El corazón: Lo veremos.

VIII

Cabeza meditadora,
¡qué lejos se oye el zumbido
de la abeja libadora!

Echaste un velo de sombra
sobre el bello mundo, y vas
creyendo ver, porque mides
la sombra con un compás.

Mientras la abeja fabrica,
melifica,
con jugo de campo y sol,
yo voy echando verdades
que nada son, vanidades
al fondo de mi crisol.
De la mar al percepto,
del percepto al concepto,
del concepto a la idea
—¡Oh, la linda tarea!—,
de la idea a la mar.
¡Y otra vez a empezar!

ELOGIOS

CXXXIX

A DON FRANCISCO GINER DE LOS RÍOS

Como se fue el maestro,
la luz de esta mañana
me dijo: Van tres días
que mi hermano Francisco no trabaja.
¿Murió?... Sólo sabemos
que se nos fue por una senda clara,
diciéndonos: Hacedme
un duelo de labores y esperanzas.
Sed buenos y no más, sed lo que he sido
entre vosotros: alma.
Vivid, la vida sigue,
los muertos mueren y las sombras pasan;
lleva quien deja y vive el que ha vivido.
¡Yunques, sonad; enmudeced, campanas!

Y hacia otra luz más pura
partió el hermano de la luz del alba,
del sol de los talleres,
el viejo alegre de la vida santa.
... ¡Oh, sí!, llevad, amigos,
su cuerpo a la montaña,
a los azules montes
del ancho Guadarrama.
Allí hay barrancos hondos
de pinos verdes donde el viento canta.
Su corazón repose
bajo una encina casta,
en tierra de tomillos, donde juegan
mariposas doradas...
Allí el maestro un día
soñaba un nuevo florecer de España.

Baeza, 21 de febrero de 1915

CXLII

MARIPOSA DE LA SIERRA

A Juan Ramón Jiménez,
por su libro *Platero y yo*

¿No eres tú, mariposa,
el alma de estas sierras solitarias,
de sus barrancos, hondos,
y de sus cumbres agrias?
Para que tú nacieras,
con su varita mágica
a las tormentas de la piedra, un día,
mandó callar un hada,
y encadenó los montes,
para que tú volaras.
Anaranjada y negra,
morenita y dorada,
mariposa montés, sobre el romero
plegadas las alillas, o, voltarias,
jugando con el sol, o sobre un rayo
de sol crucificadas.
¡Mariposa montés y campesina,
mariposa serrana,
nadie ha pintado tu color; tú vives
tu color y tus alas
en el aire, en el sol, sobre el romero,
tan libre, tan salada!...
Que Juan Ramón Jiménez
pulse por ti su lira franciscana.

Sierra de Cazorla, 28 mayo de 1915

183

CXLIII
DESDE MI RINCÓN
ELOGIOS

Al libro *Castilla,* del maestro «Azorín»,
con motivos del mismo

Con este libro de melancolía,
toda Castilla a mi rincón me llega;
Castilla la gentil y la bravía,
la parda y la manchega.
¡Castilla, España de los largos ríos
que el mar no ha visto y corre hacia los mares;
Castilla de los páramos sombríos,
Castilla de los negros encinares!
Labriegos transmarinos y pastores
Trashumantes —arados y merinos—
labriegos con talante de señores,
pastores del color de los caminos.
Castilla de grisientos peñascales,
pelados serrijones,
barbechos y trigales,
malezas y cambrones.
Castilla azafranada y polvorienta,
sin montes, de arreboles purpurinos,
Castilla visionaria y soñolienta
de llanuras, viñedos y molinos.
Castilla —hidalgos de semblante enjuto,
rudos jaques y orondos bodegueros—,
Castilla —trajinantes y arrieros
de ojos inquietos, de mirar astuto—,
mendigos rezadores,
y frailes pordioseros,
boteros, tejedores,
arcadores, perailes, chicarreros,

185

lechuzos y rufianes,
fulleros y truhanes,
caciques y tahúres y logreros.
¡Oh, venta de los montes! —Fuencebada,
Fonfría, Oncala, Manzanal, Robledo—.
¡Mesón de los caminos y posada
de Esquivias, Salas, Almazán, Olmedo!
La ciudad diminuta y la campana
de las monjas que tañe, cristalina...
¡Oh, dueña doñeguil tan de mañana
y amor de Juan Ruiz a doña Endrina!
Las comadres —Gerarda y Celestina—.
Los amantes —Fernando y Dorotea—.
¡Oh casa, oh huerto, oh sala silenciosa!
¡Oh divino vasar en donde posa
sus dulces ojos verdes Melibea!
¡Oh jardín de cipreses y rosales,
donde Calisto ensimismado piensa,
que tornan con las nubes inmortales
las mismas olas de la mar inmensa!
¡Y este hoy que mira a ayer; y este mañana
que nacerá tan viejo!
¡Y esta esperanza vana
de romper el encanto del espejo!
¡Y esta agua amarga de la fuente ignota!
¡Y este filtrar la gran hipocondría
de España siglo a siglo y gota a gota!
¡Y esta alma de Azorín... y esta alma mía
que está viendo pasar, bajo la frente,
de una España la inmensa galería,
cual pasa del ahogado en la agonía
todo su ayer, vertiginosamente!
Basta, Azorín, yo creo
en el alma sutil de tu Castilla,
y en esa maravilla

de tu hombre triste del balcón, que veo
siempre añorar, la mano en la mejilla.
Contra el gesto del persa, que azotaba
la mar con su cadena;
contra la flecha que el tahúr tiraba
al cielo, creo en la palabra buena.
Desde un pueblo que ayuna y se divierte,
ora y eructa, desde un pueblo impío
que juega al mus, de espaldas a la muerte,
creo en la libertad y en la esperanza,
y en una fe que nace
cuando se busca a Dios y no se le alcanza,
y en el Dios que se lleva y que se hace.

ENVÍO

¡Oh, tú, *Azorín,* que de la mar de Ulises
viniste al ancho llano
en donde el gran Quijote, el buen Quijano,
soñó con Esplandianes y Amadises;
buen Azorín, por adopción manchego,
que guardas tu alma ibera,
tu corazón de fuego
bajo el regio almidón de tu pechera
—un poco libertario
de cara a la doctrina,
¡admirable Azorín, el reaccionario
por asco de la greña jacobina!—;
pero tranquilo, varonil —la espada
ceñida a la cintura
y con santo rencor acicalada—,
sereno en el umbral de tu aventura!
¡Oh, tú, Azorín, escucha: España quiere
surgir, brotar, toda una España empieza!
¿Y ha de helarse en la España que se muere?
¿Ha de ahogarse en la España que bosteza?

Para salvar la nueva epifanía
hay que acudir, ya es hora,
con el hacha y el fuego al nuevo día.
Oye cantar los gallos de la aurora.

Baeza, 1913

CXLIV

UNA ESPAÑA JOVEN

... Fue un tiempo de mentira, de infamia. A España toda,
la malherida España, de Carnaval vestida
nos la pusieron, pobre y escuálida y beoda,
para que no acertara la mano con la herida.

Fue ayer; éramos casi adolescentes; era
con tiempo malo, encinta de lúgubres presagios,
cuando montar quisimos en pelo una quimera,
mientras la mar dormía ahíta de naufragios.

Dejamos en el puerto la sórdida galera,
y en una nave de oro nos plugo navegar
hacia los altos mares, sin aguardar ribera,
lanzando velas y anclas y gobernalle al mar.

Ya entonces, por el fondo de nuestro sueño —herencia
de un siglo que vencido sin gloria se alejaba—
un alba entrar quería; con nuestra turbulencia
la luz de las divinas ideas batallaba.

Mas cada cual el rumbo siguió de su locura;
agilitó su brazo, acreditó su brío;
dejó como un espejo bruñida su armadura
y dijo: «El hoy es malo, pero el mañana... es mío».

Y es hoy aquel mañana de ayer... Y España toda,
con sucios oropeles de Carnaval vestida

aún la tenemos: pobre y escuálida y beoda;
mas hoy de un vino malo: la sangre de su herida.

Tú, juventud más joven, si de más alta cumbre
la voluntad te llega, irás a tu aventura
despierta y transparente a la divina lumbre:
como el diamante clara, como el diamante pura.

Enero, 1915

CXLV
ESPAÑA, EN PAZ

En mi rincón moruno, mientras repiquetea
el agua de la siembra bendita en los cristales,
yo pienso en la lejana Europa que pelea,
el fiero norte, envuelto en lluvias otoñales.

Donde combaten galos, ingleses y teutones,
allá, en la vieja Flandes y en una tarde fría,
sobre jinetes, carros, infantes y cañones
pondrá la lluvia el velo de su melancolía.

Envolverá la niebla el rojo expoliario
—sordina gris al férreo claror del campamento—,
las brumas de la Mancha caerán como un sudario
de la flamenca duna sobre el fangal sangriento.

Un César ha ordenado las tropas de Germania
contra el francés avaro y el triste moscovita,
y osó hostigar la rubia pantera de Britania.
Medio planeta en armas contra el teutón milita.

¡Señor! La guerra es mala y bárbara; la guerra,
odiada por las madres, las almas entigrece;
mientras la guerra pasa, ¿quién sembrará la tierra?
¿Quién segará la espiga que junio amarillece?

Albión acecha y caza las quillas en los mares;
Germania arruina templos, moradas y talleres;
la guerra pone un soplo de hielo en los hogares,
y el hambre en los caminos, y el llanto en las mujeres.

Es bárbara la guerra, y torpe y regresiva;
¿por qué otra vez a Europa esta sangrienta racha
que siega el alma y esta locura acometiva?,
¿por qué otra vez el hombre de sangre se emborracha?

La guerra nos devuelve las podres y las pestes
del ultramar cristiano; el vértigo de horrores
que trajo Atila a Europa con sus feroces huestes;
las hordas mercenarias, los púnicos rencores;
la guerra nos devuelve los muertos milenarios
de cíclopes, centauros, Heracles y Teseos;
la guerra resucita los sueños cavernarios
del hombre con peludos mammuthes giganteos.

¿Y bien? El mundo en guerra y en paz España sola.
¡Salud, oh buen Quijano! Por si este gesto es tuyo,
yo te saludo. ¡Salve! Salud, paz española,
si no eres paz cobarde, sino desdén y orgullo.

Si eres desdén y orgullo, valor de ti; si bruñes
en esa paz, valiente, la enmohecida espada,
para tenerla limpia, sin tacha, cuando empuñes
el arma de tu vieja panoplia arrinconada;
si pules y acicalas tus hierros para, un día,
vestir de luz, y erguida: *Heme aquí, pues España,*
en alma y cuerpo, toda, para una guerra mía,
heme aquí, pues, vestida para la propia hazaña,
decir, para que diga quien oiga: *Es voz, no es eco,*
el buen manchego habla palabras de cordura,
parece que el hidalgo amojamado y seco
entró en razón, y tiene espada a la cintura;
entonces, paz de España, yo te saludo.

                                        Si eres
vergüenza humana de esos rencores cabezudos
con que se matan miles de avaros mercaderes,
sobre la madre tierra que los parió desnudos;
si sabes cómo Europa entera se anegaba
en una paz sin alma, en un afán sin vida,
y que una calentura cruel la aniquilaba,
que es hoy la fiebre de esta pelea fratricida;
si sabes que esos pueblos arrojan sus riquezas
al mar y al fuego —todos— para sentirse hermanos
un día ante el divino altar de la pobreza,
gabachos y tudescos, latinos y britanos,
entonces, paz de España, también yo te saludo,
y a ti, la España fuerte, si, en esta paz bendita,
en tu desdeño esculpes, como sobre un escudo,
dos ojos que avizoran y un ceño que medita.

Baeza, 10 de noviembre de 1914

CXLVI

Flor de santidad, novela milenaria,
por don Ramón del Valle-Inclán

Esta leyenda en sabio romance campesino,
ni arcaico ni moderno, por Valle-Inclán escrita,
revela en los halagos de un viento vespertino
la santa flor de alma que nunca se marchita.

Es la leyenda campo y campo. Un peregrino
que vuelve solitario de la sagrada tierra
donde Jesús morara, camina sin camino,
entre los agrios montes de la galaica sierra.

Hilando silenciosa, la rueca a la cintura,
Adega, en cuyos ojos la llama azul fulgura
de la piedad humilde, en el romero ha visto,

191

al declinar la tarde, la pálida figura,
la frente gloriosa de luz y la amargura
de amor que tuvo un día el *Salvador Dom. Cristo*.

1904

CXLVII

AL MAESTRO RUBÉN DARÍO

Este noble poeta, que ha escuchado
los ecos de la tarde y los violines
del otoño en Verlaine, y que ha cortado
las rosas de Ronsard en los jardines
de Francia, hoy, peregrino
de un ultramar de Sol, nos trae el oro
de su verbo divino.
¡Salterios del loor vibran en coro!
La nave bien guarnida,
con fuerte casco y acerada prora,
de viento y luz la blanca vela henchida
surca, pronta a arribar, la mar sonora;
y yo le grito: ¡Salve! a la bandera
flamígera que tiene
esta hermosa galera,
que de una nueva España a España viene.

1904

CXLVIII

A LA MUERTE DE RUBÉN DARÍO

Si era toda en tu verso la armonía del mundo,
¿dónde fuiste, Darío, la armonía a buscar?
Jardinero de Hesperia, ruiseñor de los mares,
corazón asombrado de la música astral,

¿te ha llevado Dionysos de su mano al infierno
y con las nuevas rosas triunfantes volverás?
¿Te han herido buscando la soñada Florida,
la fuente de la eterna juventud, capitán?
Que en esta lengua madre la clara historia quede;
corazones de todas las Españas, llorad.
Rubén Darío ha muerto en sus tierras de Oro,
esta nueva nos vino atravesando el mar.
Pongamos, españoles, en un severo mármol,
su nombre, flauta y lira, y una inscripción no más:
Nadie esta lira pulse, si no es el mismo Apolo,
nadie esta flauta suene, si no es el mismo Pan.

1916

NUEVAS CANCIONES

CLIII

OLIVO DEL CAMINO

A la memoria de don Cristóbal Torres

I

Parejo de la encina castellana
crecida sobre el páramo, señero
en los campos de Córdoba la llana
que dieron su caballo al Romancero,
lejos de tus hermanos
que vela el ceño campesino —enjutos
pobladores de lomas y altozanos,
horros de sombra, grávidos de frutos—,
sin caricia de mano labradora
que limpie tu ramaje, y por olvido,
viejo olivo, del hacha leñadora,
¡cuán bello estás junto a la fuente erguido,
bajo este azul cobalto,
como un árbol silvestre, espeso y alto!

II

Hoy, a tu sombra, quiero
ver estos campos de mi Andalucía,
como a la vera ayer del Alto Duero
la hermosa tierra de encinar veía.
Olivo solitario,
lejos del olivar, junto a la fuente,
olivo hospitalario
que das tu sombra a un hombre pensativo
y a un agua transparente,
al borde del camino que blanquea,
guarde tus verdes ramas, viejo olivo,
la diosa de ojos glaucos, Atenea.

III

Busque tu rama verde el suplicante
para el templo de un dios, árbol sombrío;
Demeter jadeante
pose a tu sombra, bajo el sol de estío.
Que reflorezca el día
en que la diosa huyó del ancho Urano,
cruzó la espalda de la mar bravía,
llegó a la tierra en que madura el grano.
Y en su querida Eleusis, fatigada,
sentóse a reposar junto al camino,
ceñido el peplo, yerta la mirada,
lleno de angustia el corazón divino...
Bajo tus ramas, viejo olivo, quiero
un día recordar del sol de Homero.

IV

Al palacio de un rey llegó la dea,
sólo divina en el mirar sereno,
ocultando su forma gigantea
de joven talle y redondo seno,
trocado el manto azul por burda lana,
como sierva propicia a la tarea
de humilde oficio con que el pan se gana.

De Keleos la esposa venerable,
que daba al hijo en su vejez nacido,
a Demofon, un pecho miserable,
la reina de los bucles de ceniza,
del niño bien amado
a Demeter tomó para nodriza.
Y el niño floreció como criado
en brazos de una diosa,
o en las selvas feraces,

—así el bastardo de Afrodita hermosa—
al seno de las ninfas montaraces.

V

Mas siempre el ceño maternal espía,
y una noche, celando a la extranjera,
vio la reina una llama. En roja hoguera
a Demofon, el príncipe lozano,
Demeter impasible revolvía,
y al cuello, al torso, al vientre, con su mano
una sierpe de fuego le ceñía.
Del regio lecho, en la aromada alcoba,
saltó la madre; al corredor sombrío
salió gritando, aullando, como loba
herida en las entrañas: ¡Hijo mío!

VI

Demeter la miró con faz severa.
—Tal es, raza mortal, tu cobardía.
Mi llama el fuego de los dioses era.
Y al niño, que en sus brazos sonreía:
—Yo soy Demeter que los frutos grana,
¡oh príncipe nutrido por mi aliento,
y en mis brazos más rojo que manzana
madurada en otoño al sol y al viento!...
Vuelve al halda materna, y tu nodriza
no olvides, Demofon, que fue una diosa;
ella trocó en maciza
tu floja carne y la tiñó de rosa,
y te dio el ancho torso, el brazo fuerte,
y más te quiso dar y más te diera:
con la llama que libra de la muerte,
la eterna juventud por compañera.

VII

La madre de la bella Proserpina
trocó en moreno grano,
para el sabroso pan de blanca harina,
aguas de abril y soles de verano...

Trigales y trigales ha corrido
la rubia diosa de la hoz dorada,
y del campo a las eras del ejido,
con sus montes de mies agavillada,
llegaron los huesudos bueyes rojos,
la testa dolorida al yugo atada,
y con la tarde ubérrima en los ojos.

De segados trigales y alcaceles
hizo el fuego sequizos rastrojales;
en el huerto rezuma el higo mieles,
cuelga la oronda pera en los perales,
hay en las vides rubios moscateles,
y racimos de rosa en los parrales
que festonan la blanca almacería
de los huertos. Ya irá de glauca a bruna,
por llano, loma, alcor y serranía,
de los verdes olivos la aceituna...

Tu fruto, ioh polvoriento del camino
árbol ahíto de la estiva llama!,
no estrujarán las piedras del molino,
aguardará la fiesta, en la alta rama,
del alegre zorzal, o el estornino
lo llevará en su pico, alborozado.

Que en tu ramaje luzca, árbol sagrado,
bajo la luna llena,
el ojo encandilado
del búho insomne de la sabia Atena.

Y que la diosa de la hoz bruñida
y de la adusta frente
materna sed y angustia de uranida
traiga a tu sombra, olivo de la fuente.

Y con tus ramas la divina hoguera
encienda en un hogar del campo mío,
por donde tuerce perezoso un río
que toda la campiña hace ribera
antes que un pueblo, hacia la mar, navío.

CLIV

APUNTES

I

Desde mi ventana,
¡campo de Baeza,
a la luna clara!

¡Montes de Cazorla,
Aznaitín y Mágina!

¡De luna y de piedra
también los cachorros
de Sierra Morena!

II

Sobre el olivar,
se vio a la lechuza
volar y volar.

Campo, campo, campo.
Entre los olivos,
los cortijos blancos.

Y la encina negra,
a medio camino
de Úbeda a Baeza.

III

Por un ventanal,
entró la lechuza
en la catedral.

San Cristobalón
la quiso espantar,
al ver que bebía
del velón de aceite
de Santa María.

La Virgen habló:
—Déjala que beba,
San Cristobalón.

IV

Sobre el olivar,
se vio a la lechuza
volar y volar.

A Santa María
un ramito verde
volando traía.

¡Campo de Baeza,
soñaré contigo
cuando no te vea!

V

Dondequiera vaya,
José de Mairena
lleva su guitarra.

Su guitarra lleva,
cuando va a caballo,
a la bandolera.

Y lleva el caballo
con la rienda corta,
la cerviz en alto.

VI

¡Pardos borriquillos
de ramón cargados,
entre los olivos!

VII

¡Tus sendas de cabras
y tus madroñeras,
Córdoba serrana!

VIII

¡La del Romancero,
Córdoba la llana!...
Guadalquivir hace vega,
el campo relincha y brama.

IX

Los olivos grises,
los caminos blancos.
El sol ha sorbido
la calor del campo;
y hasta tu recuerdo
me lo va secando
este alma de polvo
de los días malos.

CLV

HACIA TIERRA BAJA

I

Rejas de hierro; rosas de grana.
¿A quién esperas,
con esos ojos y esas ojeras,
enjauladita como las fieras,
tras de los hierros de tu ventana?

Entre las rejas y los rosales,
¿sueñas amores
de bandoleros galanteadores,
fieros amores entre puñales?

Rondar tu calle nunca verás
ése que esperas; porque se fue
toda la España de Mérimée.

Por esta calle —tú elegirás—
pasa un notario
que va al tresillo del boticario,
y un usurero, a su rosario.

También yo paso, viejo y tristón.
Dentro del pecho llevo un león.

II

Aunque me ves por la calle,
también yo tengo mis rejas,
mis rejas y mis rosales.

III

Un mesón de mi camino.
Con un gesto de vestal,
tú sirves el rojo vino
de una orgía de arrabal.

Los borrachos
de los ojos vivarachos
y la lengua fanfarrona
te requiebran, ¡oh varona!

Y otros borrachos suspiran
por tus ojos de diamante,
tus ojos que a nadie miran.

A la altura de tus senos,
la batea rebosante
llega en tus brazos morenos.

¡Oh, mujer,
dame también de beber!

IV

Una noche de verano.
El tren hacia el puerto va,

devorando aire marino.
Aún no se ve la mar.

*

Cuando lleguemos al puerto,
niña, verás
un abanico de nácar
que brilla sobre la mar.

*

A una japonesa
le dijo Sokán:
con la blanca luna
te abanicarás,
con la blanca luna,
a orillas del mar.

V

Una noche de verano,
en la playa de Sanlúcar,
oí una voz que cantaba:
Antes que salga la luna...

Antes que salga la luna,
a la vera de la mar,
dos palabritas a solas
contigo tengo de hablar.

¡Playa de Sanlúcar,
noche de verano,
copla solitaria
junto al mar amargo!

¡A la orilla del agua,
por donde nadie nos vea,
antes que la luna salga!

CLVI
GALERÍAS

I

En el azul la banda
de unos pájaros negros
que chillan, aletean y se posan
en el álamo yerto.

... En el desnudo álamo,
las graves chovas, quietas y en silencio,
cual negras, frías notas
escritas en la pauta de febrero.

II

El monte azul, el río, las erectas
varas cobrizas de los finos álamos,
y el blanco del almendro en la colina,
¡oh nieve en flor y mariposa en árbol!
Con el aroma del habar, el viento
corre en la alegre soledad del campo.

III

Una centella blanca
en la nube de plomo culebrea.
¡Los asombrados ojos
del niño, y juntas cejas
—está el salón oscuro— de la madre!...
¡Oh cerrado balcón a la tormenta!
El viento aborrascado y el granizo
en el limpio cristal repiquetean.

IV

El iris y el balcón.
                Las siete cuerdas
de la lira del sol vibran en sueños.
Un tímpano infantil da siete golpes
—agua y cristal—.
                Acacias con jilgueros.
Cigueñas en las torres.
             En la plaza,
lavó la lluvia el mirto polvoriento.
En el amplio rectángulo ¿quién puso
ese grupo de vírgenes risueño,
y arriba ¡hosanna! entre la rota nube,
la palma de oro y el azul sereno?

V

Entre montes de almagre y peñas grises,
el tren devora su raíl de acero.
La hilera de brillantes ventanillas
lleva un doble perfil de camafeo,
tras el cristal de plata, repetido...
¿Quién ha punzado el corazón del tiempo?

VI

¿Quién puso, entre las rocas de ceniza,
para la miel del sueño,
esas retamas de oro
y esas azules flores del romero?
La sierra de violeta
y, en el poniente, el azafrán del cielo,
¿quién ha pintado? ¡El abejar, la ermita,
el tajo sobre el río, el sempiterno

rodar del agua entre las hondas peñas,
y el rubio verde de los campos nuevos,
y todo, hasta la tierra blanca y rosa
al pie de los almendros!

VII

En el silencio sigue
la lira pitagórica vibrando,
el iris en la luz, la luz que llena
mi estereoscopio vano.
Han cegado mis ojos las cenizas
del fuego heraclitano.
El mundo es, un momento,
transparente, vacío, ciego, alado.

CLVIII

CANCIONES DE TIERRAS ALTAS

I

Por la sierra blanca...
La nieve menuda
y el viento de cara.

Por entre los pinos...
Con la blanca nieve
se borra el camino.

Recio viento sopla
de Urbión a Moncayo.
¡Páramos de Soria!

II

Ya habrá cigüeñas al sol,
mirando la tarde roja,
entre Moncayo y Urbión.

III

Se abrió la puerta que tiene
gonces en mi corazón,
y otra vez la galería
de mi historia apareció.

Otra vez la plazoleta
de las acacias en flor,
y otra vez la fuente clara
cuenta un romance de amor.

IV

Es la parda encina
y el yermo de piedra.
Cuando el sol tramonta,
el río despierta.

¡Oh montes lejanos
de malva y violeta!
En el aire en sombra
sólo el río suena.

¡Luna amoratada
de una tarde vieja,
en un campo frío,
más luna que tierra!

V

Soria de montes azules
y de yermos de violeta,
¡cuántas veces te he soñado
en esta florida vega
por donde se va,
entre naranjos de oro,
Guadalquivir a la mar!

VI

¡Cuántas veces me borraste,
tierra de ceniza,
estos limonares verdes
con sombras de tus encinas!

¡Oh campos de Dios,
entre Urbión el de Castilla
y Moncayo el de Aragón!

VII

En Córdoba, la serrana,
en Sevilla, marinera
y labradora, que tiene
hinchada, hacia el mar, la vela;
y en el ancho llano
por donde la arena sorbe
la baba del mar amargo,
hacia la fuente del Duero
mi corazón, ¡Soria pura!,
se tornaba... ¡Oh, fronteriza
entre la tierra y la luna!

¡Alta paramera
donde corre el Duero niño,
tierra donde está su tierra!

VIII

El río despierta.
En el aire oscuro,
sólo el río suena.

¡Oh, canción amarga
del agua en la piedra!
... Hacia el alto Espino,
bajo las estrellas.

Sólo suena el río
al fondo del valle,
bajo el alto Espino.

IX

En medio del campo,
tiene la ventana abierta
la ermita sin ermitaño.

Un tejadillo verdoso.
Cuatro muros blancos.

Lejos relumbra la piedra
del áspero Guadarrama.
Agua que brilla y no suena.

En el aire claro,
¡los alamillos del soto,
sin hojas, liras de marzo!

CLIX

CANCIONES

I

Junto a la sierra florida,
bulle el ancho mar.
El panal de mis abejas
tiene granitos de sal.

II

Junto al agua negra.
Olor de mar y jazmines.
Noche malagueña.

III

La primavera ha venido.
Nadie sabe cómo ha sido.

IV

La primavera ha venido.
¡Aleluyas blancas
de los zarzales floridos!

V

¡Luna llena, luna llena,
tan oronda, tan redonda
en esta noche serena
de marzo, panal de luz
que labran blancas abejas!

VI

Noche castellana;
la canción se dice,
o, mejor, se calla.
Cuando duerman todos,
saldré a la ventana.

VII

Canta, canta en claro ritmo,
el almendro en verde rama
y el doble sauce del río.

Canta de la parda encina
la rama que el hacha corta,
y la flor que nadie mira.

De los perales del huerto
la blanca flor, la rosada
flor del melocotonero.

Y este olor
que arranca el viento mojado
a los habares en flor.

VIII

La fuente y las cuatro
acacias en flor
de la plazoleta.
Ya no quema el sol.
¡Tardecita alegre!
Canta, ruiseñor.
Es la misma hora
de mi corazón.

IX

¡Blanca hospedería,
celda de viajero,
con la sombra mía!

X

El acueducto romano
—canta una voz de mi tierra—
y el querer que nos tenemos,
chiquilla, ¡vaya firmeza!

XI

A las palabras de amor
les sienta bien su poquito
de exageración.

XII

En Santo Domingo,
la misa mayor.
Aunque me decían
hereje y masón,
rezando contigo,
¡cuánta devoción!

XIII

Hay fiesta en el prado verde
—pífano y tambor—.
Con su cayado florido
y abarcas de oro vino un pastor.

Del monte bajé,
sólo por bailar con ella;
al monte me tornaré.

En los árboles del huerto
hay un ruiseñor;
canta de noche y de día,
canta a la luna y al sol.
Ronco de cantar:
«Al huerto vendrá la niña
y una rosa cortará».

Entre las negras encinas
hay una fuente de piedra,
y un cantarillo de barro
que nunca se llena.

Por el encinar,
con la blanca luna,
ella volverá.

XIV

Contigo en Valonsadero,
fiesta de San Juan,
mañana en la Pampa,
del otro lado del mar.
Guárdame la fe,
que yo volveré.

Mañana seré pampero,
y se me irá el corazón
a orillas del alto Duero.

XV

Mientras danzáis en corro,
niñas, cantad:
«Ya están los prados verdes,
ya vino abril galán.

A la orilla del río,
por el negro encinar,
sus abarcas de plata
hemos visto brillar.
Ya están los prados verdes,
ya vino abril galán».

CLX

CANCIONES DEL ALTO DUERO

Canción de mozas

I

Molinero es mi amante,
tiene un molino
bajo los pinos verdes,
cerca del río.
Niñas, cantad:
«Por la orilla del Duero
yo quisiera pasar».

II

Por las tierras de Soria
va mi pastor.
¡Si yo fuera una encina
sobre un alcor!
Para la siesta,

si yo fuera una encina
sombra le diera.

III

Colmenero es mi amante,
y, en su abejar,
abejicas de oro
vienen y van.
De tu colmena,
colmenero del alma,
yo colmenera.

IV

En las sierras de Soria,
azul y nieve,
leñador es mi amante
de pinos verdes.
¡Quién fuera el águila
para ver a mi dueño
cortando ramas!

V

Hortelano es mi amante,
tiene su huerto,
en la tierra de Soria
cerca del Duero.
¡Linda hortelana!
Llevaré saya verde,
monjil de grana.

VI

A la orilla del Duero,
lindas peonzas,
bailad, coloraditas
como amapolas.

¡Ay, garabí!...
Bailad, suene la flauta
y el tamboril.

CLXI

PROVERBIOS Y CANTARES

A José Ortega y Gasset

I

El ojo que ves no es
ojo porque tú lo veas;
es ojo porque te ve.

II

Para dialogar,
preguntad, primero;
después... escuchad.

III

Todo narcisismo
es un vicio feo,
y ya viejo vicio.

IV

Mas busca en tu espejo al otro,
al otro que va contigo.

V

Entre el vivir y el soñar
hay una tercera cosa.
Adivínala.

VI

Ese tu Narciso
ya no se ve en el espejo
porque es el espejo mismo.

VII

¿Siglo nuevo? ¿Todavía
llamea la misma fragua?
¿Corre todavía el agua
por el cauce que tenía?

VIII

Hoy es siempre todavía.

IX

Sol en Aries. Mi ventana
está abierta al aire frío.
—¡Oh rumor de agua lejana!—.
La tarde despierta al río.

X

En el viejo caserío
—¡oh anchas torres con cigüeñas!—,
enmudece el son gregario,

y en el campo solitario
suena el agua entre las peñas.

XI

Como otra vez, mi atención
está del agua cautiva;
pero del agua en la viva
roca de mi corazón.

XII

¿Sabes, cuando el agua suena,
si es agua de cumbre o valle,
de plaza, jardín o huerta?

XIII

Encuentro lo que no busco:
las hojas del toronjil
huelen a limón maduro.

XIV

Nunca traces tu frontera,
ni cuides de tu perfil;
todo eso es cosa de fuera.

XV

Busca a tu complementario,
que marcha siempre contigo,
y suele ser tu contrario.

XVI

Si vino la primavera,
volad a las flores;
no chupéis cera.

XVII

En mi soledad
he visto cosas muy claras
que no son verdad.

XVIII

Buena es el agua y la sed;
buena es la sombra y el sol;
la miel de flor de romero,
la miel de campo sin flor.

XIX

A la vera del camino
hay una fuente de piedra,
y un cantarillo de barro
—glu-glú— que nadie se lleva.

XX

Adivina adivinanza:
qué quieren decir la fuente,
el cantarillo y el agua.

XXI

... Pero yo he visto beber
hasta en los charcos del suelo.
Caprichos tiene la sed.

XXII

Sólo quede un símbolo:
Quod elixum est ne asato.
No aséis lo que está cocido.

XXIII

Canta, canta, canta,
junto a su tomate,
el grillo en su jaula.

XXIV

Despacito y buena letra:
el hacer las cosas bien
importa más que el hacerlas.

XXV

Sin embargo...
        ¡Ah!, sin embargo,
importa avivar los remos,
dijo el caracol al galgo.

XXVI

¡Ya hay hombres activos!
Soñaba la charca
con sus mosquitos.

XXVII

¡Oh calavera vacía!
¡Y pensar que todo era
dentro de ti, calavera!,
otro Pandolfo decía.

XXVIII

Cantores, dejad
palmas y jaleo
para los demás.

XXIX

Despertad, cantores:
acaben los ecos,
empiecen las voces.

XXX

Mas no busquéis disonancias;
porque, al fin, nada disuena,
siempre al son que tocan bailan.

XXXI

Luchador superfluo,
ayer lo más noble,
mañana lo más plebeyo.

XXXII

Camorrista, boxeador,
zúrratelas con el viento.

XXXIII

Sin embargo...
                    ¡Oh!, sin embargo,
queda un fetiche que aguarda
ofrenda de puñetazos.

XXXIV

O rinnovarsi o perire...
No me suena bien.
Navigare é necessario...
Mejor: ¡vivir para ver!

XXXV

Ya maduró un nuevo cero,
que tendrá su devoción:
un ente de acción tan huero
como un ente de razón.

XXXVI

No es el yo fundamental
eso que busca el poeta,
sino el tú esencial.

XXXVII

Viejo como el mundo es
—dijo un doctor—, olvidado,
por sabido, y enterrado
cual la momia de Ramsés.

XXXVIII

Mas el doctor no sabía
que hoy es siempre todavía.

XXXIX

Busca en tu prójimo espejo;
pero no para afeitarte,
ni para teñirte el pelo.

XL

Los ojos por que suspiras,
sábelo bien,
los ojos en que te miras
son ojos porque te ven.

XLI

—Ya se oyen palabras viejas.
—Pues aguzad las orejas.

XLII

Enseña el Cristo: A tu prójimo
amarás como a ti mismo,
mas nunca olvides que es otro.

XLIII

Dijo otra verdad:
busca el tú que nunca es tuyo
ni puede serlo jamás.

XLIV

No desdeñéis la palabra;
el mundo es ruidoso y mudo,
poetas, sólo Dios habla.

XLV

¿Todo para los demás?
Mancebo, llena tu jarro,
que ya te lo beberán.

XLVI

Se miente más de la cuenta
por falta de fantasía:
también la verdad se inventa.

XLVII

Autores, la escena acaba
con un dogma de teatro:
en el principio era la máscara.

XLVIII

Será el peor de los malos
bribón que olvide
su vocación de diablo.

XLIX

¿Dijiste media verdad?
Dirán que mientes dos veces
si dices la otra mitad.

L

Con el tú de mi canción
no te aludo, compañero;
ese tú soy yo.

LI

Demos tiempo al tiempo:
para que el vaso rebose
hay que llenarlo primero.

LII

Hora de mi corazón:
la hora de una esperanza
y una desesperación.

LIII

Tras el vivir y el soñar,
está lo que más importa:
despertar.

LIV

Le tiembla al cantar la voz.
Ya no le silban sus coplas,
que silban su corazón.

LV

Ya hubo quien pensó:
Cogito, ergo non sum.
¡Qué exageración!

LVI

Conversación de gitanos:
—¿Cómo vamos, compadrito?
—Dando vueltas al atajo.

LVII

Algunos desesperados
sólo se curan con soga;
otros, con siete palabras:
la fe se ha puesto de moda.

LVIII

Creí mi hogar apagado,
y revolví la ceniza...
Me quemé la mano.

LIX

¡Reventó de risa!
¡Un hombre tan serio!
... Nadie lo diría.

LX

Que se divida el trabajo:
los malos unten la flecha;
los buenos tiendan el arco.

LXI

Como don San Tob,
se tiñe las canas,
y con más razón.

LXII

Por dar al viento trabajo,
cosía con hilo doble
las hojas secas del árbol.

LXIII

Sentía los cuatro vientos,
en la encrucijada
de su pensamiento.

LXIV

¿Conoces los invisibles
hiladores de los sueños?
Son dos: la verde esperanza
y el torvo miedo.

Apuesta tienen de quién
hile más y más ligero;
ella, su copo dorado;
él, su copo negro.
Con el hilo que nos dan
tejemos, cuando tejemos.

LXV

«Siembra la malva;
pero no la comas»,
dijo Pitágoras.

«Responde al hachazo
—ha dicho el Buda; ¡y el Cristo!—
con tu aroma, como el sándalo.»

Bueno es recordar
las palabras viejas
que han de volver a sonar.

LXVI

Poned atención:
un corazón solitario
no es un corazón.

LXVII

Abejas, cantores,
no a la miel, sino a las flores.

LXVIII

Todo necio
confunde valor y precio.

LXIX

Lo ha visto pasar en sueños...
Buen cazador de sí mismo,
siempre en acecho.

LXX
Cazó a su hombre malo,
el de los días azules,
siempre cabizbajo.

LXXI

Da doble luz a tu verso,
para leído de frente
y al sesgo.

LXXII

Mas no te importe si rueda
y pasa de mano en mano:
del oro se hace moneda.

LXXIII

De un *Arte de bien comer*,
primera lección:
«No has de coger la cuchara
con el tenedor».

LXXIV

Señor San Jerónimo,
suelte usted la piedra
con que se machaca.
Me pegó con ella.

LXXV

Conversación de gitanos:
—Para rodear,

toma la calle de en medio;
nunca llegarás.

LXXVI

El tono lo da la lengua,
ni más alto ni más bajo;
sólo acompáñate de ella.

LXXVII

¡Tartarín en Koenigsberg!
Con el puño en la mejilla,
todo lo llegó a saber.

LXXVIII

Crisolad oro en copela,
y burilad lira y arco
no en joya, sino en moneda.

LXXIX

Del romance castellano
no busques la sal castiza;
mejor que romance viejo,
poeta, cantar de niñas.

Déjale lo que no puedes
quitarle: su melodía
de cantar que canta y cuenta
un ayer que es todavía.

LXXX

Concepto mondo y lirondo
suele ser cáscara hueca;
puede ser caldera al rojo.

LXXXI

Si vivir es bueno,
es mejor soñar,
y mejor que todo,
madre, despertar.

LXXXII

No el sol, sino la campana,
cuando te despierta, es
lo mejor de la mañana.

LXXXIII

¡Qué gracia! En la Hesperia triste,
promontorio occidental,
en este cansino rabo
de Europa, por desollar,
y en una ciudad antigua,
chiquita como un dedal,
¡el hombrecillo que fuma
y piensa, y ríe al pensar:
cayeron las altas torres;
en un basurero están
la corona de Guillermo,
la testa de Nicolás!

Baeza, 1919

LXXXIV

Entre las brevas soy blando;
entre las rocas, de piedra.
¡Malo!

LXXXV

¿Tu verdad? No, la Verdad,
y ven conmigo a buscarla.
La tuya, guárdatela.

LXXXVI

Tengo a mis amigos
en mi soledad;
cuando estoy con ellos
¡qué lejos están!

LXXXVII

¡Oh Guadalquivir!
Te vi en Cazorla nacer;
hoy, en Sanlúcar morir.

Un borbollón de agua clara,
debajo de un pino verde,
eras tú, ¡qué bien sonabas!

Como yo, cerca del mar,
río de barro salobre,
¿sueñas con tu manantial?

LXXXVIII

El pensamiento barroco
pinta virutas de fuego,
hincha y complica el decoro.

LXXXIX

Sin embargo...
           —Oh, sin embargo,
hay siempre un ascua de veras
en su incendio de teatro.

XC

¿Ya de su color se avergüenzan
las hojas de la albahaca,
salvias y alhucemas?

XCI

Siempre en alto, siempre en alto.
«¿Renovación? Desde arriba»,
dijo la cucaña al árbol.

XCII

Dijo el árbol: «Teme al hacha,
palo clavado en el suelo:
contigo la poda es tala».

XCIII

¿Cuál es la verdad? ¿El río
que fluye y pasa

donde el barco y barquero
son también ondas de agua?
¿O este soñar del marino
siempre con ribera y ancla?

XCIV

Doy consejo, a fuer de viejo:
nunca sigas mi consejo.

XCV

Pero tampoco es razón
desdeñar
consejo que es confesión.

XCVI

¿Ya sientes la savia nueva?
Cuida, arbolillo,
que nadie lo sepa.

XCVII

Cuida de que no se entere
la cucaña seca
de tus ojos verdes.

XCVIII

—Tu profecía, poeta.
—Mañana hablarán los mudos:
el corazón y la piedra.

XCIX

—¿Mas el arte?...

               —Es puro juego,
que es igual a pura vida,
que es igual a puro fuego.
Veréis el ascua encendida.

CLXV

SONETOS

I

Tuvo mi corazón, encrucijada
de cien caminos, todos pasajeros,
un gentío sin cita ni posada,
como en andén ruidoso de viajeros.

Hizo a los cuatro vientos su jornada,
disperso el corazón por cien senderos
de llana tierra o piedra aborrascada,
y a la suerte, en el mar, de cien veleros.

Hoy, enjambre que torna a su colmena
cuando el bando de cuervos enronquece
en busca de su peña denegrida,

vuelve mi corazón a su faena,
con néctares del campo que florece
y el luto de la tarde desabrida.

II

Verás la maravilla del camino,
camino de soñada Compostela
—¡oh monte lila y flavo!—, peregrino,
en un llano, entre chopos de candela.

Otoño con dos ríos ha dorado
el cerco del gigante centinela
de piedra y luz, prodigio torreado
que en el azul sin mancha se modela.

Verás en la llanura una jauría
de agudos galgos y un señor de caza,
cabalgando a lejana serranía,

vano fantasma de una vieja raza.
Debes entrar cuando en la tarde fría
brille un balcón de la desierta plaza.

III

¿Empañé tu memoria? ¡Cuántas veces!
La vida baja como un ancho río,
y cuando lleva al mar alto navío
va con cieno verdoso y turbias heces.

Y más si hubo tormenta en sus orillas,
y él arrastra el botín de la tormenta,
si en su cielo la nube cenicienta
se incendió de centellas amarillas.

Pero aunque fluya hacia la mar ignota,
es la vida también agua de fuente
que de claro venero, gota a gota,

o ruidoso penacho de torrente,
bajo el azul, sobre la piedra brota.
Y allí suena tu nombre ¡eternamente!

IV

Esta luz de Sevilla... Es el palacio
donde nací, con su rumor de fuente.

Mi padre, en su despacho. —La alta frente,
la breve mosca, y el bigote lacio—.

Mi padre, aún joven. Lee, escribe, hojea
sus libros y medita. Se levanta;
va hacia la puerta del jardín. Pasea.
A veces habla solo, a veces canta.

Sus grandes ojos de mirar inquieto
ahora vagar parecen, sin objeto
donde puedan posar, en el vacío.

Ya escapan de su ayer a su mañana;
ya miran en el tiempo, ¡padre mío!,
piadosamente mi cabeza cana.

V

Huye del triste amor, amor pacato,
sin peligro, sin venda ni aventura,
que espera del amor prenda segura,
porque en amor locura es lo sensato.

Ése que el pecho esquiva al niño ciego
y blasfemó del fuego de la vida,
de una brasa pensada, y no encendida,
quiere ceniza que le guarde el fuego.

Y ceniza hallará, no de su llama,
cuando descubra el torpe desvarío
que pedía, sin flor, fruto en la rama.

Con negra llave el aposento frío
de su tiempo abrirá. ¡Desierta cama,
y turbio espejo y corazón vacío!

DE UN CANCIONERO APÓCRIFO

CLXVII

ABEL MARTÍN

Abel Martín, poeta y filósofo.
Nació en Sevilla (1840). Murió en Madrid (1898).

LA OBRA

Abel Martín dejó una importante obra filosófica *(Las cinco formas de la objetividad, De lo uno a lo otro, Lo universal cualitativo, De la esencial heterogeneidad del ser)* y una colección de poesías, publicada en 1884, con el título de *Los complementarios.*

Digamos algo de su filosofía, tal como aparece, más o menos explícita, en su obra poética, dejando para otros el análisis sistemático de sus tratados puramente doctrinales.

Su punto de partida está, acaso, en la filosofía de Leibniz. Con Leibniz concibe lo real, la sustancia, como algo constantemente activo. Piensa Abel Martín la sustancia como energía, fuerza que puede engendrar el movimiento y es siempre su causa; pero que también subsiste sin él. El movimiento no es para Abel Martín nada esencial. La fuerza puede ser inmóvil —lo es en su estado de pureza—; mas no por ello deja de ser activa. La actividad de la fuerza pura o sustancia se llama conciencia. Ahora bien: esta actividad consciente, por la cual se revela la pura sustancia, no por ser inmóvil es inmutable y rígida, sino que se encuentra en perpetuo cambio. Abel Martín distingue el *movimiento* de la *mutabilidad.* El movimiento supone el espacio, es un cambio de lugar en él, que deja intacto el objeto móvil; no es un cambio real, sino aparente. Es decir, que sólo podemos percibir el movimiento de las cosas en cuanto en dos puntos distintos del espacio permanecen iguales a sí mismas. Su camino real, íntimo, no puede ser percibido —ni pensado— como movimiento. La mutabilidad, o cambio sustancial, es, por el contrario, inespacial. Abel Martín confiesa que el cambio sustancial no puede ser pensado conceptualmente —porque todo pensamiento conceptual supone el espacio, esquema de la *movilidad de lo inmutable*—; pero sí intuido como el hecho más inmediato por el cual la *conciencia,* o actividad pura de la sustancia, se reconoce a sí misma. A la objeción del sentido común que afirma como necesario el movimiento donde cree percibir el cambio, contesta Abel Martín que el movimiento no ha sido pensado lógicamente, sin contradicción, por nadie; y que si es intuido, caso innegable, lo *es siempre* a condición de la inmutabilidad del objeto móvil. No hay, pues, razón para establecer relación alguna entre cambio y movimiento. El sentido común, o común sentir, puede en este caso, como en otros muchos, invocar su derecho a juzgar real lo aparente y afirmar, pues, la realidad del movimiento, pero nunca a sostener la identidad de movimiento y cambio sustancial, es decir, de movimiento y cambio que no sea mero cambio de lugar.

No sigue Abel Martín a Leibniz en la concepción de las mónadas como pluralidad de sustancias. El concepto de pluralidad es inadecuado a la sustancia. «Cuando Leibniz —dice Abel Martín— supone multiplicidad de mónadas y pretende que cada una de ellas sea el espejo del universo entero, no piensa las mónadas como sustancias, fuerzas activas y conscientes, sino que se coloca fuera de ellas y se las representa como seres pasivos que forman por refracción, a la manera de los espejos, que nada tienen que ver con las conciencias, la imagen del universo.» La mónada de Abel Martín, porque también Abel Martín habla de mónadas, no sería ni un espejo ni una representación del universo, sino el universo mismo como actividad consciente: *el gran ojo que todo lo ve al verse a sí mismo.* Esta mónada puede ser pensada, por abstracción, en cualquiera de los infinitos puntos de la total esfera que constituye nuestra representación espacial del universo (representación grosera y aparencial); pero en cada uno de ellos sería una autoconciencia integral del universo entero. El universo, pensado como sustancia, fuerza activa consciente, supone una sola y única mónada que sería como el alma universal de Giordano Bruno *(Anima tota in toto et qualibet totius partes).*

En la primera página de su libro de poesías *Los complementarios,* dice Abel Martín:

Mis ojos en el espejo
son ojos ciegos que miran
los ojos con que los veo.

En una nota hace constar Abel Martín que fueron estos tres versos los primeros que compuso, y que los publica, no obstante su aparente trivialidad o su marcada perogrullez, porque de ellos sacó, más tarde, por reflexión y análisis, toda su metafísica.

La segunda composición del libro dice así:

Gracias, Petenera mía,
por tus ojos me he perdido:
era lo que yo quería.

Y añade, algunas páginas más adelante:

Y en la cosa nunca vista
de tus ojos me he buscado:
en el ver con que me miras.

En las coplas de Abel Martín se adivina cómo, dada su concepción de la sustancia, unitaria y mudable, quieta y activa, preocupan al poeta los problemas de las cuatro apariencias: el movimiento, la materia extensa, la limitación cognoscitiva y la multiplicidad de sujetos. Este último es para Abel Martín, poeta, el apasionante problema del amor.

Que fue Abel Martín hombre en extremo erótico lo sabemos por testimonio de cuantos le conocieron, y algo también por su propia lírica, donde abundan expresiones, más o menos hiperbólicas, de un apasionado culto a la mujer.

Ejemplos:

La mujer
es el anverso del ser.

(Página 22)

Sin el amor, las ideas
son como mujeres feas,
o copias dificultosas
de los cuerpos de las diosas.

(Página 59)

Sin mujer
no hay engendrar ni saber...

(Página 125)

Y otras sentencias menos felices, aunque no menos interesantes, como ésta:

... Aunque a veces sabe Onán
mucho que ignora Don Juan.

(Página 207)

Que fue Abel Martín hombre mujeriego lo sabemos, y, acaso, también onanista, hombre, en suma, a quien la mujer inquieta y desazona, por presencia o ausencia. Y fue, sin duda, el amor a la mujer el que llevó a Abel Martín a formularse esta pregunta: ¿Cómo es posible el objeto erótico?

De las cinco formas de la objetividad que estudia Abel Martín en su obra más extensa de metafísica, a cuatro disputas aparenciales, es decir, apariencias de objetividad y, en realidad, actividades del sujeto mismo. Así, pues, la primera, en el orden de su estudio, la constante del conocimiento, considerado como problema infinito, sólo tiene de objetiva la pretensión de serlo. La segunda, el llamado mundo objetivo de la ciencia, descolorido y descualificado, mundo de puras relaciones cuantitativas, es el fruto de un trabajo de desobjetivación del sujeto sensible, que no llega —claro es— a plena realización, y que, aunque a tal llegara, sólo conseguiría agotar el sujeto, pero nunca revelar objeto alguno, es decir, algo opuesto o distinto del sujeto. La tercera es el mundo de nuestra representación como seres vivos, el mundo

249

fenoménico propiamente dicho. La cuarta forma de la objetividad corresponde al mundo que se representan otros sujetos vitales. «Éste —dice Abel Martín— aparece, en verdad, englobado en el mundo de mi representación, pero, dentro de él, se le reconoce por una vibración propia, por voces que pretendo distinguir de la mía. Estos dos mundos que tendemos a unificar en una representación homogénea, el niño los diferencia muy bien, aun antes de poseer el lenguaje. Mas esta cuarta forma de la objetividad no es, en última instancia, objetiva tampoco, sino una aparente escisión del sujeto único que engendra, por intersección e interferencia, al par, todo el elemento tópico y conceptual de nuestra psique, la moneda de curso en cada grupo viviente.»

Mas existe —según Abel Martín— una quinta forma de la objetividad, mejor diremos una quinta pretensión a lo objetivo, que se da tan en las fronteras del sujeto mismo, que parece referirse a un *Otro* real, objeto, no de conocimiento, sino de amor.

Vengamos a las rimas eróticas de Abel Martín.

El amor comienza a revelarse como un súbito incremento del caudal de la vida, sin que, en verdad, aparezca objeto concreto al cual tienda.

PRIMAVERAL

Nubes, sol, prado verde y caserío
en la loma, revueltos. Primavera
puso en el aire de este campo frío
la gracia de sus chopos de ribera.
Los caminos del valle van al río
y allí, junto del agua, amor espera.
¿Por ti se ha puesto el campo ese atavío
de joven, oh invisible compañera?

¿Y ese perfume del habar al viento?
¿Y esa primera blanca margarita?...
¿Tú me acompañas? En mi mano siento
doble latido; el corazón me grita,
que en las sienes me asorda el pensamiento:
eres tú quien florece y resucita.

«La amada —dice Abel Martín— acompaña antes que aparezca o se ponga como objeto de amor; es, en cierto modo, una con el amante, no al término, como en los místicos, del proceso erótico, sino en su principio.»

En un largo capítulo de su libro *De lo uno a lo otro*, dedicado al amor, desarrolla Abel Martín el contenido de este soneto. No hemos de seguirle en el camino de una pura especulación, que le lleva al fondo de su propia metafísica, allí donde pretende demostrar que es precisamente el amor la autorrevelación de la esencial heterogeneidad de la sustancia única. Sigámosle, por ahora, en sus rimas tan sencillas en apariencia, y tan claras que, según nos confiesa el propio Martín, hasta las señoras de su tiempo creían comprenderlas mejor que él mismo las comprendía. Sigámosle también en las notas que acompañan a sus rimas eróticas.

En una de ellas dice Abel Martín: «Ya algunos pedagogos comienzan a comprender que los niños no deben ser educados como meros aprendices de hombres, que hay algo sagrado en la infancia para vivirlo plenamente por ella. Pero ¡qué lejos estamos todavía del respeto a lo sagrado juvenil! Se quiere a todo trance apartar a los jóvenes del amor. Se ignora o se aparenta ignorar que la castidad es, por excelencia, la virtud de los jóvenes, y la lujuria, siempre, cosa de viejos; y que ni la Naturaleza ni la vida social ofrecen los peligros que los pedagogos temen para sus educandos. Más perversos acaso, y más errados, sin duda, que los frailes y las beatas, pretenden hacer del joven un niño estúpido que juegue, no como el niño, para quien el juego es la vida misma, sino con la seriedad de quien cumple un rito solemne. Se quiere hacer de la fatiga muscular beleño adormecedor del sexo. Se aparta al joven de la galantería, a que es naturalmente inclinado, y se le lleva al deporte, al juego extemporáneo. Esto es perverso. Y no olvidemos —añade— que la pederastia, actividad erótica, desviada y superflua, es la compañera inseparable de la gimnástica».

ROSA DE FUEGO

Tejidos sois de primavera, amantes,
de tierra y agua y viento y sol tejidos.
La sierra en vuestros pechos jadeantes,
en los ojos los campos florecidos,

pasead vuestra mutua primavera,
y aún bebed sin temor la dulce leche
que os brinda hoy la lúbrica pantera,
antes que, torva, en el camino aceche.

Caminad, cuando el eje del planeta
se vence hacia el solsticio de verano,
verde el almendro y mustia la violeta,

cerca la sed y el hontanar cercano,
hacia la tarde del amor, completa,
con la rosa de fuego en vuestra mano.

(Los complementarios, página 250)

Abel Martín tiene muy escasa simpatía por el sentido erótico de nuestros místicos, a quienes llama *frailecillos y monjucas tan inquietos como ignorantes.* Comete en esto grave injusticia, que acusa escasa comprensión de nuestra literatura mística, tal vez escaso trato con ella. Conviene, sin embargo, recordar, para explicarnos este desvío, que Abel Martín no cree que el espíritu avance un ápice en el camino de su perfección, ni que se adentra en lo esencial por apartamiento y eliminación del mundo sensible. Éste, aunque pertenezca al sujeto, no por ello deja de ser una realidad firme e indestructible, sólo su objetividad es, a fin de cuentas, aparencial; pero, aun como forma de la objetividad —léase pretensión a lo objetivo— es, por cercano al sujeto consciente, más sustancial que el mundo de la ciencia y de la teología de escuela; está más cerca: que ellos del corazón de lo absoluto.

Pero sigamos con las rimas eróticas de Abel Martín.

GUERRA DE AMOR

El tiempo que la barba me platea,
cavó mis ojos y agrandó mi frente,
va siendo en mí recuerdo transparente,
y mientras más al fondo, más clarea.

Miedo infantil, amor adolescente,
¡cuánto esta luz de otoño os hermosea!,
¡agrios caminos de la vida fea,
que también os doráis al sol poniente!

¡Cómo en la fuente donde el agua mora
resalta en piedra una leyenda escrita:
al ábaco del tiempo falta una hora!

¡Y cómo aquella ausencia en una cita,
bajo los olmos que noviembre dora,
del fondo de mi historia resucita!

«La amada —explica Abel Martín— no acude a la cita; es en la cita ausencia.» «No se interprete esto —añade— en un sentido literal.» El poeta no alude a ninguna anécdota amorosa de pasión no correspondida o desdeñada. El amor mismo es aquí un sentimiento de ausencia. La amada no acompaña; es aquello que no se tiene y vanamente se espera. El poeta, al evocar su total historia emotiva, descubre la hora de la primera angustia erótica. Es un sentimiento de soledad, o, mejor, de pérdida de una compañía, de ausencia inesperada en la cita que confiadamente se dio, lo que Abel Martín pretende expresar en este soneto de apariencia romántica. A partir de este momento, el amor comienza a ser consciente de sí mismo. Va a surgir el objeto erótico —la amada para el amante, o viceversa—, que se opone al amante

así un imán que al atraer repele

y que, lejos del fundirse con él, es siempre lo *otro*, lo inconfundible con el amante, lo impenetrable, no por definición, como la primera y segunda persona de la gramática, sino realmente. Empieza entonces para algunos —románticos— el calvario erótico; para otros, la guerra erótica, con todos sus encantos y peligros, y para Abel Martín, poeta, hombre integral, todo ello reunido, más la sospecha de la esencial heterogeneidad de la sustancia.

Debemos hacer constar que Abel Martín no es un erótico a la manera platónica. El Eros no tiene en Martín, como en Platón, su origen en la contemplación del cuerpo bello; no es, como en el gran ateniense, el movimiento que, partiendo del entusiasmo por la belleza del mancebo, le lleva a la contemplación de la belleza ideal. El amor dorio y toda homosexualidad son rechazados también por Abel Martín, y no por razones morales, sino metafísicas. El Eros martiniano sólo se inquieta por la contemplación del cuerpo femenino, y a causa precisamente de aquella diferencia irreductible que en él se advierte. No es tampoco para Abel Martín la belleza el gran incentivo del amor, sino la sed metafísica de lo esencialmente otro.

Nel mezzo del camin, pasóme el pecho
la flecha de un amor intempestivo.
Que tuvo en el camino largo acecho
mostróme en lo certero el rayo vivo.

Así un imán que, al atraer, repele
(¡oh claros ojos de mirar furtivo!),
amor que asombra, aguija, halaga y duele,
y más se ofrece cuanto más esquivo.

Si un grano del pensar arder pudiera,
no en el amante, en el amor, sería
la más honda verdad lo que se viera;

y el espejo de amor se quebraría,
roto su encanto, y roto la pantera
de la lujuria el corazón tendría.

El espejo de amor se quebraría... Quiere decir Abel Martín que el aman-
te renunciaría a cuanto es espejo en el amor, porque comenzaría a amar
en la amada lo que, por esencia, no podrá nunca reflejar su propia imagen.
Toda la metafísica y la fuerza trágica de aquélla su insondable solear:

Gracias, Petenera mía:
en tus ojos me he perdido;
era lo que yo quería.

aparecen ahora transparentes, o al menos, translúcidas.

*

Para comprender claramente el pensamiento de Martín en su lírica, don-
de se contiene su manifestación integral, es preciso tener en cuenta que
el poeta pretende, según declaración propia, haber creado una forma ló-
gica nueva, en la cual todo razonamiento debe adoptar la manera fluida
de la intuición. De aquí las aparentes lagunas que alguien señaló en su
expresión conceptual, la falta de congruencia entre las premisas y las con-
secuencias de sus razonamientos. En todo verdadero razonamiento no
puede haber conclusiones que estén contenidas en las premisas. Cuando
se fija el pensamiento por la palabra, hablada o escrita, debe cuidarse de
indicar de alguna manera la imposibilidad de que las premisas sean váli-
das, permanezcan como tales, en el momento de la conclusión. La lógica
real no admite supuestos, conceptos inmutables, sino realidades vivas,
inmóviles, pero en perpetuo cambio. Los conceptos o formas captoras de
lo real no pueden ser rígidos, si han de adaptarse a la constante mutabili-
dad de lo real. Que esto no tiene expresión posible en el lenguaje, lo sabe
Abel Martín. Pero cree que el lenguaje poético puede sugerir la evolución
de las premisas asentadas, mediante conclusiones lo bastante desviadas
e incongruentes para que el lector o el oyente calcule los cambios que,
por necesidad, han de experimentar aquéllas, desde el momento en que
fueron fijadas hasta el de la conclusión, para que vea claramente que las
premisas inmediatas de sus aparentemente inadecuadas conclusiones no

son, en realidad, las expresadas por el lenguaje, sino otras que se han producido en el constante mudar del pensamiento. A esto llama Abel Martín *esquema externo de una lógica temporal en que A no es nunca A en dos momentos sucesivos*. Abel Martín tiene —no obstante— una profunda admiración por la lógica de la identidad que, precisamente por no ser lógica de lo real, le parece una creación milagrosa de la mente humana.

Tras este rodeo, volvamos a la lírica erótica de Abel Martín.

«Psicológicamente considerado, el amor humano se diferencia del puramente animal —dice Abel Martín en su tratado de *Lo universal cualitativo*— por la exaltación constante de la facultad representativa, la cual, en casos extremos, convierte al cerebro superior, al que imagina y piensa, en órgano de excitación del cerebro animal. La desproporción entre el excitante, el harén mental del hombre moderno —en España, si existe, marcadamente onanista— y la energía sexual de que el individuo dispone, es causa de constante desequilibrio. Médicos, moralistas y pedagogos deben tener esto muy presente, sin olvidar que este desequilibrio es, hasta cierto grado, lo normal en el hombre. La imaginación pone mucho más en el coito humano que el mero contacto de los cuerpos. Y, acaso, conviene que así sea, porque, de otro modo, sólo se perpetuaría la animalidad. Pero es preciso poner freno, con la censura moral, a esta tendencia, natural en el hombre, a sustituir el contacto y la imagen percibida por la imagen representada, o, lo que es más peligroso y frecuente en cerebros superiores, por la imagen creada. No debe el hombre destruir su propia animalidad, y por ella han de velar médicos e higienistas.»

Abel Martín no insiste demasiado sobre este tema: cuando a él alude, es siempre de vuelta de su propia metafísica. Los desarreglos de la sexualidad, según Abel Martín, no se originan —como supone la moderna psiquiatría— en las oscuras zonas de lo subconsciente, sino, por el contrario, en el más iluminado taller de la conciencia. El objeto erótico, última instancia de la objetividad, es también, en el plano inferior del amor, proyección subjetiva.

Copiemos ahora algunas coplas de Abel Martín, vagamente relaciona-
das con este tema. Abel Martín —conviene advertirlo— no pone nunca en
verso sus ideas, pero éstas le acompañan siempre:

CONSEJOS, COPLAS, APUNTES

1

Tengo dentro de un herbario
una tarde disecada,
lila, violeta y dorada.
—Caprichos de solitario—.

Y en la página siguiente,
una boca sonriente
y unos ojos,
los ojos de Guadalupe,
cuyo color nunca supe.
Grises son
grises son y ya no miran.

Y unos labios que suspiran,
dentro del lírico herbario
—capricho de solitario—
toda una voz estampada
y apagada,
mas sonora
cuando le llega la hora.

2

Calidoscopio infantil.
Una damita, al piano.
Do, re, mi.
Otra se pinta al espejo
los labios de colorín.

3

Y rosas en un balcón
a la vuelta de una esquina,
calle de Válgame Dios.

4

Amores, por el atajo,
de los de «Vente conmigo».
... «Que vuelvas pronto, serrano».

5

En el mar de la mujer
pocos naufragan de noche;
muchos, al amanecer.

6

Siempre que nos vemos
es cita para mañana.
Nunca nos encontraremos.

7

La plaza tiene una torre,
la torre tiene un balcón,
el balcón tiene una dama,
la dama una blanca flor.
Ha pasado un caballero
—¡quién sabe por qué pasó!—,
y se ha llevado la plaza,
con su torre y su balcón,
con su balcón y su dama,
su dama y su blanca flor.

8

Por la calle de mis celos
en veinte rejas con otro
hablando siempre te veo.

9

Malos sueños he.
Me despertaré.

10

Me despertarán
campanas del alba
que sonando están.

11

Para tu ventana
un ramo de rosas me dio la mañana.
Por un laberinto, de calle en calleja,
buscando, he corrido, tu casa y tu reja.
Y en un laberinto me encuentro perdido
en esta mañana de mayo florido.
Dime dónde estás.
Vueltas y revueltas.
Ya no puedo más.

(Los complementarios)

*

«La conciencia —dice Abel Martín—, como reflexión o pretenso conocer del conocer, sería, sin el amor o impulso hacia lo otro, el anzuelo en constante espera de pescarse a sí mismo. Mas la conciencia existe, como actividad reflexiva, porque vuelve sobre sí misma, agotado su impulso por alcanzar el objeto trascendente. Entonces reconoce su limitación y se ve a sí misma, como tensión erótica, impulso hacia *lo otro inasequible.*» Su reflexión es más aparente que real, porque, en verdad, no vuelve sobre sí misma para captarse como pura actividad consciente, sino sobre la corriente erótica que brota con ella de las mismas entrañas del ser. Descubre el amor como su propia impureza, digámoslo así, como su otro *inmanente,* y se le revela la esencial heterogeneidad de la substancia. Porque Abel Martín no ha superado, ni por un momento, el subjetivismo de su tiempo, considera toda objetividad propiamente dicha como una apariencia, un vario espejismo, una varia proyección ilusoria del sujeto fuera de sí mismo. Pero apariencias, espejismos o proyecciones ilusorias, productos de un esfuerzo desesperado del ser o sujeto absoluto por rebasar su propia frontera, tienen un valor positivo, pues mediante ellos se alcanza *conciencia* en su sentido propio, sin saber o sospechar la propia heterogeneidad, a tener la visión analítica —separando por abstracción lógica lo en realidad inseparable— de la constante y quieta mutabilidad.

El gran ojo que todo lo ve al verse a sí mismo es, ciertamente, un ojo ante las ideas, en actitud teórica, de visión o distancia; pero las ideas no son sino el alfabeto o conjunto de signos homogéneos que representan las esencias que integran el ser. Las ideas no son, en efecto, las esencias mismas, sino su dibujo o contorno trazado sobre la negra pizarra del no ser. Hijas del amor y, en cierto modo, del gran fracaso del amor, nunca serían concebidas sin él, porque es el amor mismo o conato del ser por superar su propia limitación quien las proyecta sobre la *nada* o *cero absoluto,* que también llama el poeta *cero divino,* pues, como veremos después, Dios no es el creador del mundo —según Martín—, sino el creador de la *nada.* No tienen, pues, las ideas realidad esencial, *per se,* son meros trasuntos o copias descoloridas de las esencias reales que integran el ser. Las esencias reales son cualitativamente distintas y su proyección ideal tanto menos substancial y más alejada del ser cuanto más homogéneo. Estas esencias no pueden separarse en realidad, sino en su proyección ilusoria, ni cabe tampoco —según Martín— apetencia de las unas hacia las otras, sino que todas ellas aspiran, conjunta e indivisiblemente, a lo otro, *a un ser que sea lo contrario de lo que es,* de lo que ellas son, en suma, a lo imposible. En la metafísica intrasubjetiva de Abel Martín fracasa el amor, pero no el conocimiento, o, mejor dicho, es el conocimiento el premio del amor. Pero el amor, como tal, no encuentra objeto; dicho líricamente: la amada es imposible.

*

En sueños se veía
reclinado en el pecho de su amada.
Gritó, en sueños: «¡Despierta, amada mía!».
Y él fue quien despertó; porque tenía
su propio corazón por almohada.

(Los complementarios)

La ideología de Abel Martín es, a veces, oscura, lo inevitable en una metafísica de poeta, donde no se definen previamente los términos empleados. Así, por ejemplo, con la palabra *esencia* no siempre sabemos lo que quiere decir. Generalmente, pretende designar lo absolutamente real que, en su metafísica, pertenece al sujeto mismo, puesto que más allá de él no hay nada. Y nunca emplea Martín este vocablo como término opuesto a lo existencial o realizado en espacio y tiempo. Para Martín esta distinción, en cuanto pretende señalar diversidad profunda, es artificial. Todo es por y en el sujeto, todo es actividad consciente, y para la conciencia integral nada es que no sea la conciencia misma. «Sólo lo absoluto —dice Martín— puede tener existencia, y todo lo existente *es absolutamente* en el sujeto consciente.» El ser es pensado por Martín como conciencia activa, quieta y mudable, esencialmente heterogénea, siempre sujeto, nunca objeto pasivo de energías extrañas. La sustancia, el ser que todo lo es al *serse a sí mismo,* cambia en cuanto es actividad constante, y permanece inmóvil, porque no existe energía que no sea él mismo, que le sea externa y pueda *moverle.* «La concepción mecánica del mundo —añade Martín— es el ser pensado como pura inercia, el ser que no es por sí, *inmutable y en constante movimiento,* un torbellino de cenizas que agita, no sabemos por qué ni para qué, la mano de Dios.» Cuando esta mano, patente aún en la *chiquenaude* cartesiana, no es tenida en cuenta, el ser es ya pensado como aquello que absolutamente no es. Los atributos de la sustancia son ya, en Espinosa, los atributos de la pura nada. La conciencia llega, por ansia de lo otro, al límite de su esfuerzo, a pensarse a sí misma como objeto total, a pensarse como no es, a *deseerse.* El trágico erotismo de Espinosa llevó a un límite infranqueable la desobjetivación del sujeto. «¿Y cómo no intentar —dice Martín— devolver a *lo que es* su propia intimidad?» Esta empresa fue iniciada por Leibniz —filósofo del porvenir, añade Martín—; pero sólo puede ser consumada por la poesía, que define Martín como aspiración a conciencia integral. El poeta, como tal, no renuncia a nada, ni pretende degradar ninguna apariencia. Los colores del iris no son para él menos reales que las vibraciones del éter que paralelamente los acompañan, no son éstas menos *suyas* que aquéllos, ni el acto de ver menos sustancial que el de medir o contar los estremecimientos de la luz. Del mismo modo, la vida ascética, que pretende la perfección moral en el vacío o enrarecimiento de representaciones vitales, no es para Abel Martín camino que lleve a ninguna parte. El *ethos* no se purifica, sino que se empobrece por eliminación del *pathos,* y aunque el poeta debe saber distinguirlos, su misión es la reintegración de ambos a aquella zona de la conciencia en que se dan como inseparables.

En su *Diálogo* entre *Dios y el Santo,* dice este último:

—Por amor de Ti he renunciado a todo, a todo lo que no eras Tú. Hice la noche en mi corazón para que sólo tu luz resplandezca.

Y Dios contesta:

—Gracias, hijo, porque también las luciérnagas son cosa mía.

Cuando se preguntaba a Martín si la poesía aspiraba a expresar lo inmediato psíquico, pues la conciencia, cogida en su propia fuente, sería, según su doctrina, conciencia integral, respondía: «Sí y no. Para el hombre, lo inmediato consciente es siempre cazado en el camino de vuelta. También la poesía es hija del gran fracaso del amor. La conciencia, en el hombre, comienza por ser vida, espontaneidad; en este primer grado, no puede darse en ella ningún fruto de la cultura, es actividad ciega, aunque no mecánica, sino animada, animalidad, si se quiere. En un segundo grado, comienza a verse a sí misma como un turbio río y pretende purificarse. Cree haber perdido la inocencia; mira como extraña su propia riqueza. Es el momento erótico, de honda inquietud, en que lo *otro* inmanente comienza a ser pensado como trascendente, como objeto de conocimiento y de amor. Ni Dios está en el mundo, ni la verdad en la conciencia del hombre.

En el camino de la conciencia integral o autoconciencia, este momento de soledad y angustia es inevitable. Sólo después que el anhelo erótico ha creado las formas de la objetividad —Abel Martín cita cinco en su obra de metafísica *De lo uno a lo otro,* pero en sus últimos escritos señala hasta veintisiete— puede el hombre llegar a la visión real de la conciencia, reintegrando a la pura unidad heterogénea las citadas formas o *reversos del ser,* a verse, a vivirse, a *serse* en plena y fecunda intimidad. El pindárico *sé el que eres* es el término de este camino de vuelta, la meta que el poeta pretende alcanzar». «Mas nadie —dice Martín— logrará ser el que es, si antes no logra pensarse como no es.»

*

De su libro de estética *Lo universal cualitativo,* entresacamos los párrafos siguientes:

«1. Problema de la lírica: La materia en que las artes trabajan, sin excluir del todo a la música, pero excluyendo a la poesía, es algo no configurado por el espíritu: piedra, bronce, substancias colorantes, aire que vibra, materia bruta, en suma, de cuyas leyes, que la ciencia investiga, el artista, como tal, nada entiende. También le es dado al poeta su material, el lenguaje, como al escultor el mármol o el bronce. En él ha de ver por de pronto lo que aún no ha recibido forma, lo que va a ser, después de su labor, sus tentáculos de un mundo ideal. Pero mientras el artista de otras artes comienza venciendo resistencias de la materia bruta, el poeta lucha con una nueva clase de resistencias: las que ofrecen aquellos productos espirituales, las palabras, que constituyen su material. Las palabras, a diferencia de las piedras, o de las materias colorantes, o del aire en movimiento, son ya, por sí mismas, significación de lo humano, a las cuales ha de dar el poeta nueva significación. La palabra es, en parte, valor de cambio, producto social, instrumento de objetividad (objetividad en este caso significa convención entre sujetos), y el poeta pretende hacer de ellas medio expresivo de lo psíquico individual, objeto único, valor cualitativo. Entre la palabra usada por todos y la palabra lírica existe la diferencia que entre una moneda y una joya del mismo metal. El poeta hace joyel de la moneda.

¿Cómo? La respuesta es difícil. El aurífice puede deshacer la moneda y aun fundir el metal para darle después nueva forma, aunque no caprichosa y arbitraria. Pero al poeta no le es dado deshacer la moneda para labrar su joya. Su material de trabajo no es el elemento sensible en que el lenguaje se apoya (el sonido), sino aquellas significaciones de lo humano que la palabra, como tal, contiene. Trabaja el poeta con elementos ya estructurados por el espíritu, y aunque con ellos ha de realizar una nueva estructura, no puede desfigurarlos.»

«2. Todas las formas de la objetividad, o apariencias de lo objetivo, son, con excepción del arte, productos de desobjetivación, tienden a formas espaciales y temporales puras: figuras, números, conceptos. Su objetividad quiere decir, ante todo, homogeneidad, descualificación de lo esencialmente cualitativo. Por eso, espacio y tiempo, límites del trabajo descualificador de lo sensible, son condiciones *sine qua non* de ellas, lógicamente previas o, como dice Kant, *a priori*. Sólo a este precio se consigue en la ciencia la objetividad, la ilusión del objeto, del ser que no es. El impulso hacia lo otro inasequible realiza un trabajo homogeneizador, crea la sombra del ser. Pensar es, ahora, descualificar, homogeneizar. La materia pensada se resuelve en átomos; el cambio substancial, en movimientos de partículas inmutables en el espacio. El ser ha quedado atrás; sigue siendo el ojo que mira, y más allá están el tiempo y el espacio vacíos, la pizarra negra, la pura nada. Quien piensa el ser puro, el ser como es, piensa, en efecto, la pura nada; y quien piensa el tránsito del uno a la otra piensa el puro devenir, tan huero como los elementos que lo integran. El pensamiento lógico sólo se da, en efecto, en el vacío insensible; y aunque es maravilloso este poder de inhibición del ser, de donde surge el palacio encantado de la lógica (la concepción mecánica del mundo, la crítica de Kant, la metafísica de Leibniz, por no citar sino ejemplos ingentes), con todo, el ser no es *nunca* pensado; contra la sentencia, el ser y el pensar (el pensar homogeneizador) no coinciden, ni por casualidad.»

Confiamos
en que no será verdad
nada de lo que pensamos.

(Véase *A. Machado*)

Pero el arte, y especialmente la poesía —añade Martín—, que adquiere tanta más importancia y responde a una necesidad tanto más imperiosa cuanto más ha avanzado el trabajo descualificador de la mente humana (esta importancia y esta necesidad son independientes del valor estético de las obras que en cada época se producen), no puede ser sino una actividad del sentido inverso al del pensamiento lógico. Ahora se trata (en poesía) de realizar nuevamente lo *desrealizado;* dicho de otro modo: una vez que el ser ha sido pensado como no es, es preciso pensarlo como es; urge devolverle su rica, inagotable heterogeneidad. Este nuevo pensar, o pensar poético, es pensar cualificador. No es, ni mucho menos, un retorno al caos sensible de la animalidad; porque tiene sus normas, no menos rígidas que las del pensamiento homogeneizador, aunque son muy otras. Este pensar se da entre realidades, no entre sombras; entre intuiciones, no entre conceptos. «El *no ser* es ya pensado como *no ser* y arrojado, por ende, a la espuerta de la basura.» Quiere decir Martín que, una vez que han sido convictas de oquedad las formas de lo objetivo, no sirven ya para pensar lo que es. Pensando el ser cualitativamente, con extensión infinita, sin mengua alguna de lo infinito de su comprensión, no hay dialéctica humana ni divina que realice ya el tránsito de su concepto al de su contrario, porque, entre otras cosas, su contrario no existe.

Necesita, pues, el pensar poético una nueva dialéctica, sin negaciones ni contrarios, que Abel Martín llama lírica y, otras veces, mágica, la lógica del camino sustancial o devenir inmóvil, del ser cambiando o el cambio siendo. Bajo esta idea, realmente paradójica y aparentemente absurda, está la más honda intuición que Abel Martín pretende haber alcanzado.

«Los eleáticos —dice Martín— no comprendieron que la única manera de probar la inmutabilidad del ser hubiera sido demostrar la realidad del movimiento, y que sus argumentos, en verdad sólidos, eran contraproducentes;

que a los heraclitanos correspondía, a su vez, probar la irrealidad del movimiento para demostrar la mutabilidad del ser. Porque ¿cómo ocupará dos lugares distintos del espacio, en dos momentos sucesivos del tiempo, lo que *constantemente* cambia y no —¡cuidado!— para dejar de ser, sino para ser otra cosa? El cambio continuo es impensable como movimiento, pues el movimiento implica persistencia del móvil en lugares distintos y en momentos sucesivos; y un cambio discontinuo, con intervalos vacíos, que implican aniquilamiento del móvil, es impensable también. Del *no ser* al *ser* no hay tránsito posible, y la síntesis de ambos conceptos es inaceptable en toda lógica que pretenda ser, al par, ontología, porque no responde a realidad alguna.»

No obstante, Abel Martín sostiene que, sin incurrir en contradicción, se puede afirmar que es el concepto del no ser la creación específicamente humana; y a él dedica un soneto con el cual cierra la primera sección de *Los complementarios:*

AL GRAN CERO

Cuando el *Ser que se es* hizo la nada
y reposó, que bien lo merecía,
ya tuvo el día noche, y compañía
tuvo el hombre en la ausencia de la amada.

Fiat umbra! Brotó el pensar humano.
Y el huevo universal alzó, vacío,
ya sin color, desustanciado y frío,
lleno de niebla ingrávida, en su mano.

Toma el cero integral, la hueca esfera,
que has de mirar, si lo has de ver, erguido.
Hoy que es espalda el lomo de tu fiera,

y es el milagro del no ser cumplido,
brinda, poeta un canto de frontera
a la muerte, al silencio y al olvido.

En la teología de Abel Martin es Dios definido como el ser absoluto, y, por ende, nada que *sea* puede ser su obra. Dios, como creador y conservador del mundo, le parece a Abel Martín una concepción judaica, tan sacrílega como absurda. La nada, en cambio, es, en cierto modo, una creación divina, un milagro del ser, obrado por éste para pensarse en su totalidad. Dicho de otro modo: Dios regala al hombre el gran cero, la nada o cero integral, es decir, el cero integrado por todas las negociaciones de cuanto es. Así, posee la mente humana un concepto de totalidad, la suma de cuanto no es, que sirva lógicamente de límite y frontera a la totalidad de cuanto es:

Fiat umbra! Brotó el pensar humano.

Entiéndase: el pensar homogeneizador —no el poético, que es ya pensamiento divino—; el pensar del mero bípedo racional, el que ni por casualidad puede coincidir con la pura heterogeneidad del ser; el pensar que necesita de la nada para pensar lo que es, porque, en realidad, lo piensa como *no siendo.*

Tras este soneto, no exento de énfasis, viene el *canto de frontera,* por soleares (cante hondo) *a la muerte, al silencio y al olvido* que constituye la segunda sección del libro *Los complementarios.* La tercera sección lleva, a guisa de prólogo, los siguientes versos:

AL GRAN PLENO O CONCIENCIA INTEGRAL

Que en su estatua al alto Cero
—mármol frío,
ceño austero
y una mano en la mejilla—,
del gran remanso del río,
medite, eterno, en la orilla,
y haya gloria eternamente.
Y la lógica divina
que imagina,
pero nunca imagen miente
—no hay espejo; todo es fuente—,

diga: sea
cuanto es, y que se vea
cuanto ve. Quieto y activo
—mar y pez y anzuelo vivo,
todo el mar en cada gota,
todo el pez en cada huevo,
todo nuevo—,
lance unánime su nota.
Todo cambia y todo queda,
piensa todo,
y es a modo,
cuando corre, de moneda,
un sueño de mano en mano.
Tiene amor rosa y ortiga,
y la amapola y la espiga
le brotan del mismo grano.
Armonía;
todo canta en pleno día.
Borra las formas del cero,
torna a ver,
brotando de su venero,
las vivas aguas del ser.

CANCIONERO
APÓCRIFO

CLXX

SIESTA

EN MEMORIA DE ABEL MARTÍN

Mientras traza su curva el pez de fuego,
Junto al ciprés, bajo el supremo añil,
y vuela en blanca piedra el niño ciego,
y en el olmo la copla de marfil
de la verde cigarra late y suena,
honremos al Señor
—la negra estampa de su mano buena—
que ha dictado el silencio en el clamor.

Al dios de la distancia y de la ausencia,
del áncora en el mar, la plena mar...
El nos libra del mundo —omnipresencia—
nos abre senda para caminar.

Con la copa de sombra bien colmada,
con este nunca lleno corazón,
honremos al Señor que hizo la Nada
y ha esculpido en la fe nuestra razón.

CLXXIII

CANCIONES A GUIOMAR

I

No sabía
si era un limón amarillo
lo que tu mano tenía,
o el hilo de un claro día,
Guiomar, en dorado ovillo.
Tu boca me sonreía.
Yo pregunté: ¿Qué me ofreces?
¿Tiempo en fruto, que tu mano
eligió entre madureces
de tu huerta?
¿Tiempo vano
de una bella tarde yerta?
¿Dorada ausencia encantada?
¿Copia en el agua dormida?
¿De monte en monte encendida,
la alborada
verdadera?
¿Rompe en sus turbios espejos
amor la devanadera
de sus crepúsculos viejos?

II

En un jardín te he soñado,
alto, Guiomar, sobre el río,
jardín de un tiempo cerrado
con verjas de hierro frío.
Un ave insólita canta
en el almez, dulcemente,
junto al agua viva y santa,

toda sed y toda fuente.
En ese jardín, Guiomar,
el mutuo jardín que inventan
dos corazones al par,
se funden y complementan
nuestras horas. Los racimos
de un sueño —juntos estamos—
en limpia copa exprimimos,
y el doble cuento olvidamos.
(Uno: Mujer y varón,
aunque gacela y león,
llegan juntos a beber.
El otro: No puede ser
amor de tanta fortuna:
dos soledades en una,
ni aun de varón y mujer.)

*

Por ti la mar ensaya olas y espumas,
y el iris, sobre el monte, otros colores,
y el faisán de la aurora canto y plumas,
y el búho de Minerva ojos mayores.
Por ti, ¡oh Guiomar!...

III

      Tu poeta
piensa en ti. La lejanía
es de limón y violeta,
verde el campo todavía.
Conmigo vienes, Guiomar;
nos sorbe la serranía.
De encinar en encinar
se va fatigando el día.
El tren devora y devora

día y riel. La retama
pasa en sombra; se desdora
el oro de Guadarrama.
Porque una diosa y su amante
huyen juntos, jadeante,
los sigue la luna llena.
El tren se esconde y resuena
dentro de un monte gigante.
Campos yermos, cielo alto.
Tras los montes de granito
y otros montes de basalto,
ya es la mar y el infinito.
Juntos vamos; libres somos.
Aunque el Dios, como en el cuento
fiero rey, cabalgue a lomos
del mejor corcel del viento,
aunque nos jure, violento,
su venganza,
aunque ensille el pensamiento,
libre amor, nadie lo alcanza.

*

Hoy te escribo en mi celda de viajero,
a la hora de una cita imaginaria.
Rompe el iris al aire el aguacero,
y al monte su tristeza planetaria.
Sol y campanas en la vieja torre.
¡Oh tarde viva y quieta
que opuso al *panta rhei* su *nada corre,*
tarde niña que amaba tu poeta!
¡Y día adolescente
—ojos claros y músculos morenos—,
cuando pensaste a Amor, junto a la fuente,
besar tus labios y apresar tus senos!
Todo a esta luz de abril se transparenta;

todo en el hoy de ayer, el Todavía
que en sus maduras horas
el tiempo canta y cuenta,
se funde en una sola melodía,
que es un coro de tardes y de auroras.
A ti, Guiomar, esta nostalgia mía.

CLXXIV

OTRAS CANCIONES A GUIOMAR

A LA MANERA DE ABEL MARTÍN Y DE JUAN DE MAIRENA

I

¡Sólo tu figura,
como una centella blanca,
en mi noche oscura!

*

¡Y en la tersa arena,
cerca de la mar,
tu carne rosa y morena,
súbitamente, Guiomar!

*

En el gris del muro,
cárcel y aposento,
y en un paisaje futuro
con sólo tu voz y el viento;

*

en el nácar frío
de tu zarcillo en mi boca,
Guiomar, y en el calofrío
de una amanecida loca;

*

asomada al malecón
que bate la mar de un sueño,
y bajo el arco del ceño
de mi vigilia, a traición,
¡siempre tú!
          Guiomar, Guiomar,
mírame en ti castigado:
reo de haberte creado,
ya no te puedo olvidar.

II

Todo amor es fantasía;
él inventa el año, el día,
la hora y su melodía;
inventa el amante y, más,
la amada. No prueba nada,
contra el amor, que la amada
no haya existido jamás.

III

Escribiré en tu abanico:
te quiero para olvidarte,
para quererte te olvido.

IV

Te abanicarás
con un madrigal que diga:
en amor el olvido pone la sal.

V

Te pintaré solitaria
en la urna imaginaria
de un daguerrotipo viejo,
o en el fondo de un espejo,
viva y quieta,
olvidando a tu poeta.

VI

Y te enviaré mi canción:
«Se canta lo que se pierde»,
con un papagayo verde
que la diga en tu balcón.

VII

Que apenas si de amor el ascua humea
sabe el poeta que la voz engola
y, barato cantor, se pavonea
con su pesar o enluta su viola;
y que si amor da su destello, sola
la pura estrofa suena,
fuente de monte, anónima y serena.
Bajo el azul olvido, nada canta,
ni tu nombre ni el mío, el agua santa.
Sombra no tiene de su turbia escoria
limpio metal; el verso del poeta
lleva ansia de amor que lo engendrara
como lleva el diamante sin memoria
—frío diamante— el fuego del planeta
trocado en luz, en una joya clara...

VIII

Abre el rosal de la carroña horrible
su olvido en flor, y extraña mariposa,
jade y carmín, de vuelo imprevisible,
salir se ve del fondo de una fosa.
Con el terror de víbora encelada,
junto al lagarto frío,
con el absorto sapo en la azulada
libélula que vuela sobre el río,
con los montes de plomo y de ceniza,
sobre los rubios agros
que el sol de mayo hechiza,
se ha abierto un abanico de milagros
—el ángel del poema lo ha querido—
en la mano creadora del olvido...